마음, 스밈

마음, 스밈

펴 낸 날/ 초판1쇄 2023년 9월 15일
지 은 이/ 김선규

펴 낸 곳/ 도서출판 기역
편   집/ 책마을해리

출판등록/ 2010년 8월 2일(제313-2010-236)
주   소/ 경기도 파주시 회동길 363-8 출판도시
          전북 고창군 해리면 월봉성산길 88 책마을해리
문   의/ (대표전화)070-4175-0914, (전송)070-4209-1709

ISBN 979-11-91199-72-7(03810)

김선규 사진명상 에세이

마음, 스밈

마음의 눈, 사진

카메라는 내 삶의 동반자다. 가족과 함께한 시간보다 많았다. 언론사 사진기자로 35년을 지내는 동안 성수대교, 삼풍백화점 붕괴 등 안타까운 사고현장과 남북이산가족 상봉 등 역사적 현장에서도 내 손에는 항상 카메라가 쥐어져 있었다. 그곳이 어디든 카메라와 함께 있으면 심장이 뛰는 것을 느낄 수 있었고 렌즈로 세상을 들여다보는 동안 마음이 편안해지고 고단한 현실에서 자유를 느낄 수 있었다.

사진은 내 삶의 최고의 선택이었다. 살아 펄떡이는 날것의 현장을 빛으로 낚아 올릴 때 그 짜릿한 손맛은 그 어느 것과도 비교할 수 없었다. 일촉즉발의 팽팽한 긴장감은 나를 늘 깨어있게 했고 수백분의 일초 찰나의 순간이지만 사진을 찍는 동안 몰입의 즐거움을 느낄 수 있었다. 빛으로 기록한 내 사진들이 지면을 통해 수많은 독자들에게 전달되고 역사의 한 페이지를 장식할 때 큰 자부심과 보람을 느꼈다.

그러나 매일 이어지는 긴장과 중요한 순간을 놓칠 수 있다는 불안감은 나의 몸과 마음을 시들게 했다. 무거운 장비를 한쪽으로 오래 메고 다니다 보니 허리디스크가 발병해 직업을 바꾸어야 한다는 진단을 받기도 했다. 어느 순간 내 얼굴에서 미소가 사라져갔다.

살다보면 삶의 전환기가 있다. 우연한 기회에 내 마음속으로 날아든 참새 한 마리가 내 가치관을 흔들어 놓았다. 그동안 멋지고 화려한 대상만을 생각하고 바라보던 나에게 그 참새는 더불어 살아가는 생명들이 있다는 것을 깨닫게 해주었다. 그때부터 작고 보잘 것 없는 것들이 눈에 들어오기 시작했다.

체루가스가 난무한 데모현장에서 눈물 콧물 쏟을 때 콘크리트 사이로 비집고 나온 민들레의 노란 햇살이 얼마나 큰 위로가 됐는지 예전에는 미처 알지 못했다. 열악한 상황에서도 최선을 다해 살아가는 생명들에 눈을 뜨면서 내 얼굴에 다시 미소가 찾아들었다. 그들의 눈높이에서 바라보고 마음의 주파수를 맞추니 그들도 내게 다가와 미소 짓고 지친 어깨를 토닥여주었다. 매순간 최선을 다해 살아가는 그들의 모습을 사진으로 담으면서 다시 살아갈 희망과 세상을 향해 뚜벅뚜벅 걸어갈 수 있는 용기를 얻을 수 있었다. 그때부터 사진은 나에게 놀이이고 즐거움이었다.

돌이켜볼 때 사진기자로서 지난 시간들은 현장에서 보고 배우고 느끼며 성찰하는 '성장'의 시간이었다. 사진을 통해 세상과 교감하고 소통하는 법을 배웠고 세상을 바라보며 사물에 깃든 의미를 발견하고, 그 순간의 감정을 사진에 담아낼 수 있었다. 무엇보다 더불어 살아가는 생명을 대상이 아니라 존재로 바라봄으로써 '마음의 눈'을 뜨게 되었다. 작고 미미한 것이라도 가까이 다가가 그들의 눈높이에서 보고 있노라면 내 마음은 한없이 기뻤고 그 순간 살아있음을 느끼고 감사할 수 있었다. 짧은 순간이긴 해도 피사체와 마음의 대화를 통해 감정을 나눔으로써 세상의 일들을 잠시 잊고 몰입의 기쁨 속에 평화로울 수 있었다.

진실된 마음은 누구에게나 전해지는 법이다. 즐거웠을 때는 그 즐거움이, 외로웠을 때는 그 외로움이 그대로 스며든 사진이 좋은 사진이라 생각한다. 카메라가 스마트폰 안으로 들어오면서 어린아이부터 여든의 어르신까지 누구나 사진을 찍는 시대가 되었다. 나의 감정과 마음을 사진에 담아 표현할

수 있다면 누구나 사진작가가 될 수 있다고 확신한다. 어느 한순간 나에게 다가오는 느낌을 내 몸의 육감이 된 스마트폰으로 담을 수 있다면 그 누구도 따라 할 수 없는 세상에 하나밖에 없는 나의 작품을 만들 수 있다.

이제 그동안 현장에서 느끼고 배우며 기록한 삶의 지혜와 깨달음을 독자들과 함께 나누고 싶다. 사진에 마음을 담는 방법과 일상에서 찾은 소소한 기쁨까지 이 책을 통해 삶이 좀 더 즐겁고 의미 있다는 것과 자기다움을 발견할 수 있기를 희망하면서….

2023년 가을의 길목에서 김선규

차례

생명, 그 아름다운 여정

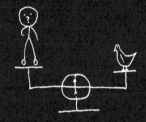

마음의 눈을 뜨다

'사진을 찍을 때 한쪽 눈을 감는 이유는?'

세계적인 사진작가 프랑스의 앙리 카르티 브레송은 이 물음에 대한 답을 "'마음의 눈'에 양보하기 위해서"라고 했다. 스마트폰의 등장으로 지금은 한쪽 눈을 감고 사진 찍을 일이 거의 없지만 불과 10여 년 전만 해도 사진을 찍을 때 반드시 한쪽 눈을 감아야 했다. 사진을 처음 시작하면서 브레송의 말을 잘 이해하지 못했다. 단지 한쪽 눈을 감으면 목표물이 더 잘 보이고 포커스도 잘 맞출 수 있을 거란 의미로 알고 있었다. 그러나 우연히 내 마음속에 날아든 참새와의 만남을 통해 닫혀있던 마음의 문이 열리게 되었고 브레송이 말한 '마음의 눈'이란 말을 이해하게 되었다. 오랜 세월 닫혀 있던 '마음의 눈'을 뜨게 되었다.

벚꽃이 분분히 휘날리던 2003년 봄날, 서울 대학로에서 힘겹게 취재를 마치고 회사로 돌아가는 길이었다. 데드라인(언론사에서 마감시간을 사선을 넘는 듯 피가 마른다 하여 이렇게 표현한다)은 점점 다가오는데, 데모행진에 막혀 광화문에서 차가 오가도 못하고 있었다. 답답한 마음에 차에서 내려 서대문에 있는 회사까지 부지런히 걸어보지만 북적이는 거리에서 사람들 어깨에 부딪힐 뿐이었다. 뛰어도 보았지만 이미 마감시간(필름을 쓰던 시절이라 회사에서 마감을 해야 했다)은 물 건너간 상태였다. 맥이 탁 풀리며 근처 공원을 찾아들었다.

'왜 이렇게 사는 게 힘들까?'

그즈음에는 200여 명 가까운 사람들이 어두운 지하철 안에서 한 줌의 재로 변한, 끔찍한 대구지하철 화재사고가 있었다. 당시 잇달아 터진 성수대교 붕괴, 충주호 화재 등으로 많은 목숨이 무참히도 스러져갔다. '산다는 건 무엇일까. 행복해지기 위해 사는 건데 세상은 점점 각박해지고 사람들은 점점 일에 치여 사는 것은 아닐까.' 주위를 둘러보니 다른 사람들도 대부분 무표정한 얼굴로 자기 갈 길만 바쁘게 갈 뿐이었다. 일이 많아지고 사람들과의 관계가 넓어질수록 '행복'은 점점 멀어지는 것만 같았다.

계속 울려대는 휴대폰을 끄고 경희궁 터 주변을 터벅터벅 걸었다. 벤치에 앉아 하늘을 올려다보니 뭉게구름만 무심히 흘러가고 있었다. 공원 한쪽에 참새 다섯 마리가 놀고 있는 모습도 보였다. 멀거니 앉아서 이 모습을 물끄러미 보고 있는데, 신나게 놀던 참새 한 마리가 목이 마른지 수돗가를 기웃거렸다. 수도꼭지를 한참 바라보고 있는 참새가 귀여워서 카메라의 포커스를 맞추고 속으로 중얼거렸다.

'물방울아, 제발 떨어져다오!'

살다보면 종종 마술 같은 일이 벌어지곤 한다. 꼭꼭 잠겨 있던 수도꼭지에서 물 한 방울이 떨어졌고, 참새는 날렵하게 날아올라 물을 마셨다. 찰나의 순간이었지만 슬로비디오를 보듯 참새의 동작 하나하나가 카메라의 렌즈를 통해 빨려 들어왔다. 그 여운이 오랫동안 머릿속에서 가시질 않았다.

화창한 오후,
신나게 놀던 참새 한 마리가 수돗가를 기웃거립니다.
애타게 수도꼭지를 노려보던 녀석,
마침내 물 한 방울이 떨어지자 날렵하게 날아올라 물을 마십니다.

삭막한 도심에 사는 참새들은 참 똑똑합니다.
수도꼭지에서 물 나오는 것도 알고…

'언젠가는 공중화장실을 노크하는

에티켓 만점의 참새도 나오겠네.'

이런 터무니없는 상상을 하며 공원 벤치에 앉아 혼자 웃어봅니다.

날렵한 참새의 모습을 보고 실없이 웃다가 갑자기 '갈증'이란 단어가 머릿속을 스치며 지나갔다.

'목이 마르다는 것은 삶을 향한 몸부림이 아닌가!'

저들도 삶을 향한 강한 열망이 있고 나름 소중한 일생이 있다는 생각이 들면서 참새의 삶이나 우리네 삶이 다를 바가 없다는 생각이 들었다. 그 순간, 머릿속이 맑아지면서 오랫동안 가슴속에서 침묵하던 그 무언인가가 꿈틀거리기 시작했다. 미물이라고 생각했던 한낱 참새란 대상이 존재로 다가온 것이다.

참새의 삶을 향한 강렬한 몸부림에 나의 마음이 흔들렸다. 내 마음속 깊이 날아든 참새는 도심에서 우리와 함께 살아가던 뭇 생명들에 대한 새로운 눈을 뜨게 하였다. 저들도 우리처럼 목이 마르고 저들도 우리처럼 갈증을 느끼며 하루하루의 삶을 살아가고 있다는 사실을 인식하게 되었다. 세상을 바라보는 새로운 눈 즉 '마음의 눈'을 갖게 되면서 바닥까지 내려갔던 삶의 에너지도 급속 충전되었다. 참새를 만나기 7년 전 강원도 고성산불 현장에서 마음에 심겨진 생명의 싹이 발아하기 시작한 것이다.

1996년 4월 26일. 건조한 날씨에 전국의 산하는 메말라 가고 있었다. 그날 당직이었다. 신문사 당직 임무는 밤새 전국의 사건사고를 챙기고 필요하면 현장으로 달려가야 했다. 오후부터 강원도 산불 발생 소식이 매시간 뉴스를 통해 전해졌다. 급기야 밤이 되면서 산불은 더욱 거세졌고 마을까지 집어삼키기 시작했다. 더이상 지체할 수 없었다. 데스크에 보고를

하고 바로 취재장비를 꾸려 강원도 고성 산불현장으로 달려 갔다.

　그때까지만 해도 산불취재는 처음이라 겁도 없이 산불이 난 깊숙한 곳까지 돌격해 들어갔다. 하룻강아지 범 무서운 줄 모르고 덤빈 꼴이었다. 어느 순간 퇴로가 막혀 꼼짝없이 산불에 포위되었다. 산불은 거대한 기세로 너울거리며 취재차를 위협했다. 겁이 났다. 살아야겠다는 생각에 불꽃이 날아다니고 한 치 앞도 안 보이는 상황에서 무조건 내달렸다. 간신히 현장을 빠져나왔을 때는 반쯤 넋이 나간 상태였다.

　산불은 너울거리며 이산 저산을 날아다녔다. 그 거대한 불덩이는 동해의 파도보다 더 큰 기세로 마을을 하나둘 집어삼켰다. 금강산과 설악산을 잇는 백두대간의 푸른 소나무들이 그 기세 앞에 앙상한 몰골로 변하고 있었다. 신들린 듯 춤을 추던 그 불덩이들은 그렇게 사흘 밤낮 맹위를 떨쳤다. 인간은 자연이 스스로 불덩이를 거두기까지 너무도 미미한 존재였다.

　찌는 듯한 땡볕이 기승을 부리던 그해 7월. 호기심에 고성 산불 현장을 다시 찾았다. 다른 곳에서는 숲이 한창 무르익은 기운을 뿜내고 있는데 검게 탄 나무들이 시체처럼 서 있는 그곳에는 그늘 한 점 없었다. 간혹 떠돌던 구름이 만든 그늘

만이 유일하게 쉴 자리를 베풀고 있었다. 그래도 혹시 새 소리가 들릴까 싶어 귀 기울여 봤지만 적막했다. 바람조차도 숨을 죽인 듯했다. 새나 곤충도 잎 하나 없는 앙상한 나무를 찾지 않았다.

안타까운 마음으로 한동안 이곳을 걷다가 우연히 불탄 소나무 사이에서 자라는 싹 하나를 보았다. 검은 숯덩이 사이에서 반짝이는 녹색 신호등 같은 싹. 마치 오랜 갈증 끝에 사막에서 발견한 오아시스 같았다. 아무것도 없을 것 같은 절망의 땅에서 피어오른 작은 싹 하나는 말로 표현하기 힘든 감동을 안겨주었다. 가슴속에서 뜨거운 무엇이 올라왔다. 좀 더 깊숙이 들어서니 불탄 소나무 사이로 다년생 풀과 관목들이 숲의 주인이 되기 위해 파릇파릇 생명의 싹을 틔우고 있었다. 검은 숯덩이 사이로 솟아오르는 생명의 몸짓. 그것은 인간의 실수로 무참하게 짓밟힌 자연이 인간에게 보내는 화해와 용서의 메시지였다. 어떤 최악의 상황에서도 살고자 하는 우리의 모습이기도 했다.

지금도 설악산 미시령 고개를 넘어 고성 땅에 들어서면 가슴이 설렌다. 아마도 커다란 불덩이 하나가 내 가슴 속에 스며들어 '생명'이라는 씨앗을 심어주었기 때문일 것이다.

산불 현장에서 내 가슴에 묻어둔 '생명'의 씨앗이 오랜 침묵 끝에 꿈틀거리기 시작했다. 목마른 참새 한 마리가 내 마음

속에 날아든 후 씨앗은 발아하기 시작했고 서서히 마음의 눈을 뜨기 시작했다. 세상이 달라 보였다. 사랑하면 알게 되고 알면 보인다고 했다. 그때 보이는 것은 예전에 보았던 것과 다른 법이다. 집 밖을 나서면 아파트 화단에 꽃들이 인사를 하고 발밑에 있던 작은 생명들이 말을 건네 왔다.

'목마른 참새'를 시작으로 지면에 '생명을 찾아서'란 코너를 연재했다. 더불어 살아가는 생명들이 전해주는 메시지를 함께 나누고 싶었다. 지금 생각해보면 참으로 대책 없는 연재물이었다. 최소한 10회분 정도 분량을 확보하고 연재를 시작하는 것이 관례지만, '목마른 참새' 사진 하나 달랑 들고 매주 계속되는 연재를 시작하였다. 하지만 겁나지 않았다. 가슴속 깊은 곳에서부터 들려오는 생명의 아우성이 응원 소리처럼 들렸다. 사건이 발생하면 현장으로 달려가 취재하는 수동적인 취재방식을 떠나 스스로 생명의 모습을 찾아 나서기로 했다. 이때부터 같은 하늘 아래 함께 살고 있는 작은 생명들을 그들의 눈높이에서 카메라에 담기 시작했다.

서해안의 작고 아름다운 섬 덕적도. 해안가를 따라 놓인 도
로를 달리다 도로 위에 꿈틀거리는 물체를 발견했다. 꽃뱀으
로 불리는 유혈목이었다. 움직이는 모습이 이상해서 다가가
니 상처 입은 꽃뱀이 피를 흘린 채 필사적으로 자신의 알을
감싸고 있었다. 아마 도로 위에서 교통사고를 당하자 본능적
으로 알을 쏟아내고 그것을 지키고 있었던 것 같다. 끝까지

알에서 떨어지지 않으려 하는 유혈목이를 간신히 숲으로 돌려보냈지만, 알들은 무섭게 달려오던 트럭에 흔적도 없이 사라져 버렸다. 충격과 동시에 마음이 아려왔다. 자신은 죽어가면서도 새끼에게 새로운 세상을 열어주려는 어미의 처절한 모정에 일행들 모두 숙연해졌다. 섬을 떠나서도 한동안 그 꽃뱀의 처절한 모습이 가슴에 남았다. 살아있는 모든 생명이 지닌 모성애는 얼마나 숭고한가를 꽃뱀을 통해 배울 수 있었다. 그 모성애는 물고기에서도 찾을 수 있었다.

이야기 4 / **잉어의 꿈**

자신을 닮은 새로운 생명을 꿈꾸며

물길을 따라

콘크리트 장애물을 힘차게 뛰어오르는 잉어.

차가운 바닥에 곤두박질칠지언정

수만 년 계속되어온

저 지독한 본능이여.

"팔뚝만 한 잉어가 하늘로 뛰어올라."

　지루한 장맛비가 그친 다음 날 아침, 중계동에 사는 친구에게서 한 통의 전화가 걸려 왔다. 물길을 거슬러 상류로 가기 위해 안간힘을 쓰는 잉어를 본 친구의 목소리는 다소 흥분되어 있었다. 사진 장비를 꾸려 친구가 말한 태릉 입구 철교 밑으로 가니 간밤에 사납게 퍼붓던 비로 인해 중랑천 물은 무서운 기세로 흘러가고 있었다.

　급물살을 헤치며 잉어와 붕어들이 산란을 위해 상류로 올라가는 모습이 보였다. 그러나 콘크리트 수중보는 물고기들에게 너무 높고 견고했다. 보 중간에 난 물길로 올라가려고 안간힘을 써봤지만, 번번이 실패를 거듭하고 있었다. 그 모

습을 망원렌즈로 몇 장 기록한 후 돌아서려니, 시멘트 제방 근천에서 팔뚝만 한 잉어가 하늘로 오르려는 듯 높이 뛰어오르고 있었다. 순간 이 잉어는 성공할 수도 있겠다는 희망을 가졌지만, 큰 잉어에게도 수중보는 너무 높고 견고했다. 한 껏 뛰어오른 잉어는 그만 콘크리트 제방에 곤두박질치고 말았다.

삭막한 도심에서 자신을 닮은 새로운 생명을 꿈꾸며 생명의 물길을 따라 콘크리트 장애물을 뛰어오르는 잉어의 모습은 사뭇 감동적이었다. 수만 년 계속되었을 저 지독한 본능 앞에 몸도 마음도 숙연해졌다. 척박한 환경에서도 본래의 생명력을 잃지 않고 씩씩하게 살아가는 생명의 모습은 나에게 새로운 삶의 의욕을 불어넣어 주었다.

"사진을 찍을 때 한쪽 눈을 감는 이유를 '마음의 눈'에 양보하기 위해서"라는 브레송의 말을 다시 음미해보자. 세월이 바뀌고 사진 찍은 방법이 다양해졌지만, 브레송의 저 말은 아직도 많은 것을 시사하고 있다.

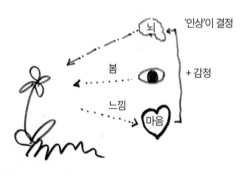

영화 〈아바타〉에서 "I see you(내가 그대를 봅니다)"란 장면이 인상 깊었다. 상대방의 눈을 바라보며 대상에 집중하고 존중하는 마음을 읽을 수 있었다. 그림에서 보듯이 우리가 어떤 것을 보았을 때 그 첫 느낌은 바로 마음을 통해 뇌로 전달된다. 그래서 본다는 것은 적극적인 행위다. 마음으로 볼 때 제대로 보인다. 진동선 교수는 그의 저서『좋은 사진』에서 '마음이 보지 못하거나 마음에 넣지 않으면 보아도 진정 보는 것이라고 할 수 없다'라고 마음으로 보는 것을 강조한다.

우리가 어느 대상을 보는 것은 적극적인 행위다. 눈과 마음은 하나이기에 카메라의 포커스를 맞추듯 피사체에 초점을 맞추면 그 대상에 대한 느낌과 감정들은 나의 마음을 통해 뇌에 전달되어 인상이 결정된다.

아무리 많은 것을 보아도 수박 겉핥기식으로 본다면 여러 가지 잔상은 남지만, 마음속 여운은 별로 없을 것이다. 눈으로 본 어떤 이미지가 내 마음으로 전달되기 전에 다른 이미지로 계속 시선이 옮겨감으로써 마음의 창을 두드리지 못하는 것이다.

눈이 마음을 따르고 그 마음이 나 자신을 향하고 있다면 이미 그대의 '마음의 문'은 열려있는 것이다. 그런 마음의 눈으로 세상을 본다면 그대의 시선이 머무는 세상만물은 언제나 그대와 교감할 준비가 되어있다.

모든 생명은 다 귀하다

이야기 5 / 수행자와 비둘기

매한테 쫓기던 비둘기가 수행자에게 살려달라고 간청하였다. 수
행자는 매더러 왜 약한 생명을 해치려 하느냐며 꾸짖었다. 매는 비
둘기를 먹지 않으면 내가 죽는다, 비둘기도 생명이지만 나도 생명
이라며 자기 생명을 어떻게 할 것이냐며 수행자에게 되물었다. 수
행자는 비둘기 대신 자신의 살을 떼어주겠다면 허벅지살을 떼어
내 저울에 달았다. 저울이 비둘기 쪽으로 기울어졌다. 수행자는 다
른 쪽 허벅지살을 보태 저울에 달았지만, 이번에도 비둘기 쪽으로
기울었다. 할 수 없이 수행자가 저울에 올라서자 그때서야 저울이
균형을 이뤘다.

부처님의 전생을 다룬 '백유경'에 나오는 이 이야기는 생명
을 소재로 작업하던 내게 삶을 반성하고 돌아볼 수 있는 소

중한 계기가 되었다. 인간이 세상의 주인이고 사람의 목숨은 그 어느 것에도 비할 바 없이 값진 거란 생각을 해 오던 터였다. 하지만 조금만 관심을 기울여 바라보면 우리가 살고 있는 지구별의 모든 생명체는 식물과 동물이 서로 연결되어 있으며 각자 자신의 위치에서 그 역할을 하고 있기에 존재할 수 있는 것을 알 수 있다.

콘크리트 틈을 비집고 나온 민들레에도, 사람에 밟히며 자라는 질경이에도 그들 안에는 세상을 열어 꽃을 피우려는 열망이 있고 살아야 할 소중한 일생이 있는 것이다. 목이 말라 수도꼭지 위로 날아오른 참새, 산란을 위해 산더미 같은 수중보를 뛰어오르는 잉어, 자신은 죽어가면서도 새끼들에게 세상을 열어주려는 유혈목이 등…. 모두 힘겨운 삶을 살아가지만 아무리 열악한 상황에서도 뭇 생명은 주어진 삶을 포기하는 법이 없다. 매 순간 최선을 다하며 살아가고 있다. 단지 외면하고 있을 뿐 '마음의 눈'으로 바라보면 삶의 본질적인 면에서 우리와 그들은 다를 바가 없다. 그 존재를 인정할 때 그들은 우리에게 친구가 되고 다가와 고단한 삶에 위로를 건넨다.

손바닥에 땅콩을 부수어 놓고 손을 쭉 내밀자

나뭇가지에 앉아 있던 곤줄박이가 손바닥에 살며시 내려앉았습니다.

처음에는 무척 긴장되었습니다.

새도 긴장을 했는지 가슴이 콩닥콩닥 뛰는 것이 느껴졌습니다.

곧이어 가녀린 무게감과 땅콩을 쪼아 먹는 몸놀림이

손바닥을 타고 전해져왔습니다.

이렇게 경계와 긴장을 넘어

자연과 사람이 마음을 주고받으며

친구하는 세상이라면 좋겠습니다.

오래전 충청도 오지마을인 사기막골에 취재를 갔을 때 일이다. 취재를 마치고 돌아가려다 이장 집 뒷마당에서 철장에 갇힌 누렁이와 눈이 마주쳤다. 애써 외면했지만, 자꾸 누렁이 쪽으로 시선이 갔다. 삶의 의욕을 잃은 듯 물끄러미 나를 바라보고 있는 그 눈빛을 잊을 수 없었다. 회사로 돌아와 '생명을 찾아서' 코너에 사진과 함께 이 누렁이를 소개했다.

복날이 모두 지났습니다. 올여름도 개고기를 좋아하는 분들은 개장국 한 그릇 비우셨겠지요. 개를 사랑하는 분들은 도살당한 수많은 개 생각에 가슴이 아팠겠지요. 지난주에 산골 오지주민들의 여름나기 취

재를 위해 충남 금산 사기막골에 갔었습니다. 마을을 둘러보다 좁은 철장 안에 갇혀있는 누렁이와 눈이 마주쳤습니다. 낯선 사람을 보고도 짖을 생각도 하지 않는 누렁이는 세상을 체념하듯 보였습니다. 초점 잃은 눈으로 이방인을 그저 물끄러미 바라보기만 했습니다. 되도록 누렁이와 눈을 마주치지 않으려고 서둘러 사진을 찍고 돌아섰지만, 카메라 렌즈 속으로 빨려 들어온 누렁이의 슬픈 눈이 오랫동안 머릿속에서 지워지지 않았습니다. 말복이 지난 후, 혹시나 하는 마음으로 사기막골 이장님께 전화를 해보았습니다. 누렁이가 아직 살아있다는 말에 내심 기뻤습니다. 즐기지는 않지만, 저도 가끔은 개고기를 먹습니다. 하지만 이 누렁이가 오래오래 살았으면 하는 생각입니다.(2003.8.23.)

　

'철장 속 누렁이' 사진과 기사가 나간 후 기적이 일어났다. 대구에 있는 경북외국어대 총장 비서분이 내게 전화를 걸어와 누렁이 있는 곳의 이장님 연락처를 가르쳐 달라 했다. 그로부터 한 달 후 이번에는 경북외국어대 이영상 총장이 직접 전화를 걸어와 꼭 학교에 내려와 달라는 부탁을 했다. 이 총장은 신문에서 누렁이 사진과 기

사를 보고 누렁이의 생존 사실을 확인 후 비서를 시켜 사기막 골에서 누렁이를 데려왔다고 한다. 그리고 학교에 누렁이 집을 마련하고 장가를 보내주었는데 지인들을 학교로 초청해 일명 '누렁이 가례식(嘉禮式)'을 성대하게 열었다.

누렁이를 데려다 키우고 있는 이영상 총장(64)은 축사를 통해 "인간뿐만 아니라 동·식물들도 저마다 존재의 가치를 갖고 있죠. 그들에게는 인간처럼 갈등이 없으니 배울 점도 많아요"라며 시종 생명의 가치에 대해 말하였다.

누렁이를 처음 보는 순간 모든 것을 체념한 그 처연한 눈빛이 나의 마음을 움직였고 신문에 게재된 사진과 기사를 본 한 사람이 측은지심이 일어 죽음을 앞둔 누렁이를 구해내 장가까지 보냈으니 그야말로 개 팔자가 활짝 핀 것이다. 한 장의 사진이 꺼져가던 한 생명을 구한 것이다.

화가인 앙리 마티스는 "대상을 단순히 복사하는 것은 예술이 아니다. 중요한 것은 자신 안의 감정을 밖으로 끌어내 표현하는 것, 즉 감정을 일깨우는 것"이라고 했다. 사물에서 어떤 의미를 발견하고 자신의 마음과 합치시켜 표현하는 것이 진정한 예술임을 말하고 있는 것이다.

이 누렁이가 맺어준 인연으로 지금도 이영상 총장과는 뭇 생명을 화제로 서로의 안부를 주고받는다.

작은 것을 내치지 않는 마음

모처럼 아름다운 장소를 배경으로 가족사진을 찍어 달라길 가던 사람들에게 부탁하면 소위 '물텅병(모든 것을 다 넣음)' 사진들이 많다. 우리가 사진을 처음 시작했을 때도 눈에 보이는 건 다 넣고 싶은 마음이 앞서 넓게 찍은 사진들이 많은 걸 볼 수 있다. 그러다가 어느 날 유난히 마음에 가는 대상을 발견하고 점점 가까이 다가가서 관찰하고 사진을 찍는 내 모습을 발견할 수 있다.

이런 변화는 세상을 보는 나의 눈이 조금씩 넓어지고 깊어졌음을 의미한다. 관심밖의 것들이 하나둘 눈에 들어오기 시작하면서 즉 사진의 소재라고 여기지 않았던 것들에도 눈길을 주는 자신을 발견하게 되는 것이다. 이때부터 내 마음 안에 '작은 것도 내치지 않는 마음' 즉 측은지심이 일기 시작한다. 철장 속 누렁이의 슬픈 눈이 오랫동안 머릿속에서 지워지지 않고 내 마음속에 파문을 일으킨 것도 측은지심이 일었기 때문이다. 마음의 눈을 조금씩 떠갈 때 세상을 보는

시각이 넓어지고 마음으로 보는 피사체가 생기기 시작한다.

사랑하면 알게 되고, 알면 보이고, 그때 보이는 것은 예전에 보았던 그 모습과 다르게 내게 다가옴을 느낄 수 있다. 심지어 평소에 그냥 지나치던 사물들이 나에게 말을 걸어오기까지 한다. 이하람 작가는 그의 책『떠난 뒤에 오는 것들』에서 '풍경도 말을 하고 눈 앞에 펼쳐진 풍경이 건네는 말이 들리면 당신은 여행 중'이라고 했다. 하루하루의 삶이 여행 같다면 얼마나 멋질까?

"아빠, 여기 좀 보세요."

막내아이 초등학교 때 일이다. 학교과제로 베란다 화분에 봉숭아와 나팔꽃 씨를 심었다. 그로부터 몇 주가 지난 어느 휴일 아침, 아이의 함성에 베란다에 나가보니 배수구 한구석에서 봉숭아가 꽃을 피웠다. 화분에서 쓸려 나온 씨앗이 배수구에 몸을 의지한 채 한두 점 흙을 모아 꽃을 피운 것이다. 아이와 함께 늠름하게 핀 봉숭아 꽃을 바라보며 지독한 생명 의지에 가슴이 뭉클해졌다.

간신히

배수구에 기대어

쓸려오는 한 줌의 흙을 모아

마침내

꽃을 피운

가엽고

미안하고

고마운

봉숭아여….

봉숭아의 지독한 생명 의지를 보면서 "자기의 영혼 속에 존재하는 영웅을 외면하지 마라"는 프리드리히 니체의 말이 떠오른다. 봄이면 콘크리트 바닥의 작은 틈새로부터 빛을 찾아 기어나오는 들풀들을 쉽게 볼 수 있다. 작고 하찮은 식물조차 무시무시한 삶에 대한 집념(생명력)을 갖고 있음에 놀라게 된다. 하지만 우리 인간은 언젠가부터 그런 생명 원리를 잊은 채 살아가고 있다.

세상의 모든 사진은 곧 누군가의 마음

서울에서 매화가 가장 먼저 핀다는 강남 봉은사를 찾았다.

사찰 입구부터 그윽한 향이 느껴진다.

마스크에 가려 있고 지내던 아득한 향기다. 오랜 벗을 만난 듯 반갑다.

"올해 손녀딸이 대학에 들어갔는데 아직 학교를 못가고 있어…."

손녀에게 매화 사진 보내준다는 백발의 노신사가 꽃들을 스마트 폰에 정성껏 담고 있다.

"얼마나 설레고 기대가 컸겠어, 좀 위로가 됐으면 좋겠어."

여든한 살의 황기인 어르신은 6·25 이후 가장 어려운 시기를 맞고 있는 것 같아 안타깝다고 한다.

"어제는 마누라 팔순인데 손녀딸도 오지 말라고 했어."

당분간 보고 싶어도 참아야 한다면서도 매화를 사진에 담는 어르 신의 표정이 사뭇 밝다.

매화 사진을 보고 좋아할 손녀의 모습을 그리고 있을 것이다.

길고 긴 겨울을 견디고 피어난 매화꽃의 희망을 전해주고 싶었으리라.

거리의 옷은 가벼워졌지만, 마스크에 가려진 표정들은 무겁기만 하다.

이런 우리네 사정을 아는지 모르는지 활짝 꽃망울을 터트린 매화

꽃들이 웃고 있다.

답답했던 내 마음속에도 매화향이 가득하다.

― 2021년 3월 (사람풍경)

매화를 스마트폰에 담고 있는 어르신의 표정이 정겹다. 손녀에 대한 사랑이 그대로 표정에 묻어있다. 할아버지가 마음을 담아 보내준 새봄에 피어난 매화 사진을 보면서 기뻐할 손녀의 모습도 그려진다. 카메라를 통해서 바라보는 세계는 곧 그 사람의 마음이다. 그래서 사진은 마음과 마음을 이어주는 좋은 매개체다.

* * *

코로나19가 기승을 부리던 2021년 5월 중순의 이른 아침, 열흘 넘게 병원에서 아버지 병간호를 하며 아버지 마지막 가는 길을 배웅하던 아내가 스마트폰으로 찍은 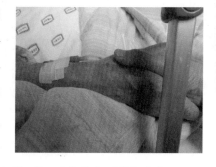 사진 한 장을 보냈다. 면회도 안 되는 상황에서 전화통화만으로는 호스피스 병동의 상황을 제대로 알기는 힘들었다. 구도나 앵글 등 사진적으로 뛰어나지 않아도 그 마음을 전해주기에는 충분했다. 그러나 무언가 아쉬웠다. 마음을 가라앉히고 직업의식을 발동해 아내에게 침상 난간이 안 나오게 사진을 한 장 더 찍어 보내달라고 부탁했다. 얼마 지나지 않아 카

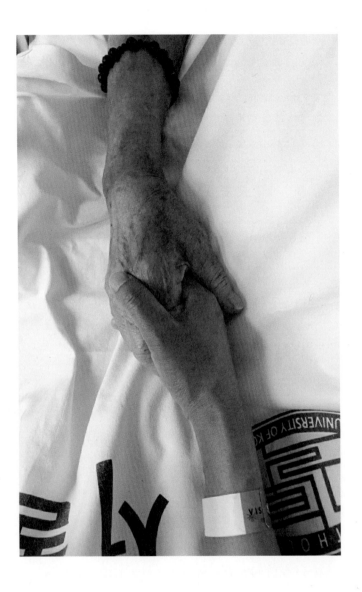

톡을 통해 한 장의 사진을 다시 보내왔다. 사진을 보는 순간 마음 한켠이 아려왔다. 아내의 마음이 그대로 사진 속에 전달되었다. 백번의 통화보다 이 한 장의 사진이 모든 것을 말하고 있었다. 눈시울이 붉어졌다. 아내가 보내온 사진을 페이스북에 올리며 페친들과 그 감동을 함께했다.

오늘 아침 아내가 보내준 한 장의 사진에

하루종일 가슴이 먹먹합니다.

아내는 강남성모병원 호스피스 병동에서

항암치료와 연명치료를 거부한

아버지의 마지막 길을 배웅하고 있습니다.

아버지가 깊은 잠에서 깨어날 때마다

아내는 아버지의 손을 꼭 잡고 사랑한다는 말을 전합니다.

코로나로 외국에서

발만 동동 구르고 있는 자식들에게

화상통화를 연결해주기도 합니다.

퇴원하면 아껴둔 술을 하자고 호기롭게 말씀하셨는데….

늘 묵묵하셨지만 따뜻하셨던 분입니다.

아내의 손을 통해 장인어른의 온기가 전해집니다.

아버님 사랑합니다.

― 2021년 5월 23일 페이스북

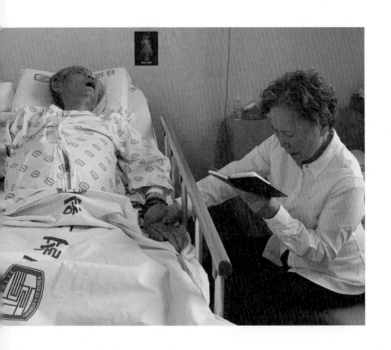

　장인 임종시간이 가까워오면서 호스피스 병동에 가족 2인까지 허용되어 구순인 장모님이 병원에 오셨다. 신앙심이 깊은 장모님은 70년을 함께 해온 남편이 가는 마지막 길을 손을 잡고 기도로 배웅하고 있었다. 옆에 있던 아내가 그 모습을 스마트폰에 담아 전해주었다. 장인의 임종 전 마지막 모습이다. 아내가 보내온 이 두 장의 사진을 보면서 사진은 시간이 죽어 만든 이미지라는 말을 떠올린다. 진동선 씨는 그의 책『좋은 사진』에서 좋은 사진에 대해 다음과 같이 정의했다.

"마음으로 셔터를 누른 사진은 흔들려도 좋을 수 있고, 정작 주요 부분에 초점이 맞지 않아도 눈길을 끌 수 있다. 작가에게 사진은 순간의 감정이다. 아주 짧은 순간 감정의 동요가 일고, 그 동요 속에서 사진의 순간이 흐른다."

아내가 보내온 사진 두 장을 보면서 내 눈가에 이슬이 맺혔다. 아내가 느꼈을 슬픔, 아쉬움, 그리움 등 모든 감정이 공감된다. 아내와 내 마음이 사진으로 하나가 되었다.

* * *

어느 순간 내 마음속에 신호가 오면 스마트폰으로 그 빛을 담아내고 일정한 시간이 흐른 뒤 찍힌 사진들을 천천히 다시 본다. 때론 기쁨이, 때론 슬픔이 시간을 거슬러 올라가 재현된다. 소중한 순간, 그 느낌을 기록할 수 있다면 그것이 바로 내 마음을 담을 수 있는 명기가 된다.

우리는 살아가면서 많은 문제와 시련에 부딪힌다. 많은 날을 사소한 외부 자극에도 갈피를 못 잡고 잠을 설치며 괴로워한다. 도대체 나를 힘들게 하는 그 마음은 어디에 있는가? 마음의 짐을 내려놓으라고 모든 것을 놓아 버리라고 하지만 그 마음이 어떤 것이고 무엇인지 알아야 내려놓을 수 있지 않은 가? 내 마음을 들여다볼 방법은 어디 없을까?

"세상의 모든 사진은 바로 누군가의 마음이다."

바로 이 문구가 정답이다. 내 마음을 보고 싶다면 지금 당장 카메라를 잡고 마음 가는 대로 그저 내 마음이 시키는 사진을 찍어보자. 노출 구도 프레임 형식 조리개를 모든 룰과 규칙에 얽매이지 말고 그저 마음 가는 대로 사진을 찍어보자. 그리고 시간을 두고 천천히 감상하자. 그 사진 속에 놀랍게도 고스란히 담겨 있는 자신의 마음을 발견할 수 있을 것이다.

* * *

10여 년 전 아버지가 힘겨운 병원생활을 이어가던 중 합병증으로 중환자실에서 계시다 기적적으로 회복되어 50여 일 만에 병원로비에서 햇살을 맞이하셨다, 휴일 병원로비는 한산했다. 따스한 햇살을 받으며 아버지는 "해님, 고맙습니다"를 되뇌이셨다. 한참을 볕바라기 하시던 아버지가 물을 찾으셨다. 생수를 사 들고 아버지께 돌아오는 길, 휠체어에 앉아 계신 아버지 위로 축복처럼 햇살이 가득 쏟아졌다. 발길이 멸

어지지 않았다. 내 마음속에도 은총이 가득 전해지는 듯했다. 가족들에게 이 성스런 모습을 보여주고 싶었다. 주머니 속 스마트폰을 찾았다.

아버지

겨우내 안녕하셨는지요?

다사로운 봄 햇살 속에 문득, 스마트폰에 담긴 당신의 마지막 숨결을 만납니다.

"해님, 고맙습니다."

생사의 고통 속에 50여 일 만에 병원 로비에서 다사로운 햇살을 만난 당신은 수도 없이 해님께 고마움을 전했습니다. 한 줄기 빛을 어루만지며 되뇌던 당신의 음성이 아직도 제 귓가에 생생합니다.

"아버지 사랑합니다."

한 줌 봄 햇살로 찾아오신 아버지를 그리워하며….

사진, 마음을 담다

사진, 자기만의 이름을 붙이는 작업

우리의 삶은 만남의 연속이다. 사람이든 자연이든 우리 앞에 마주한 대상과 교감하며 하루하루의 삶이 만들어진다. 그러므로 내 앞에 펼쳐진 세상은 자신이 만든 세상인 것이다.

'내가 그의 이름을 불러주기 전에는

그는 다만 하나의 몸짓에 지나지 않았다.

내가 그의 이름을 불러주었을 때

그는 나에게로 와서 꽃이 되었다.'

김춘수 시인의 '꽃'이란 시다. 몸짓에 불과한 하나의 대상이 교감을 통해 꽃이라는 존재로 시인에게 다가왔다. 사진 역시 세상에 존재하는 모든 피사체와 교감을 통해 자기만의 이름

을 붙이는 작업이다. 교감은 피사체와 마음의 대화를 통해 감
정을 나누는 것이라고 할 수 있다.

이야기 8/ **칠백 살 회화나무**

서울 서대문 농협중앙회 마당에 거
대한 나무가 한 그루 서 있다. 무
슨 나무인 줄 몰랐고 관심도
없었다. 그러나 2003년 여름,
설악산 장수대캠프에서 열린
유한킴벌리 주최 여고생 숲
캠프를 다녀온 후 회사 옆에
서 있는 이 나무와 출퇴근길

에 인사를 나누는 사이가 되었다. 이곳을 지나칠 때마다 700
년 풍상을 견디며 이 일대를 지켜봤을 나무 어르신께 문안인
사를 건네면 나무도 사계절 다른 모습으로 위용을 과시하며
인사를 건넨다. 과연 숲캠프에서 무슨 일이 벌어졌을까?

2003년 유한킴벌리에서 매년 여름 주최하는 여고생 대상
숲캠프에 초청받아 갔다. 오래전부터 '생명의 숲 국민운동본
부'에서 함께 일하는 분들이 많이 계셔서 취재 겸 경치 좋은

설악산 계곡에서 즐거운 시간을 보내고 있었다. 둘째 날 한 강사가 급한 볼일이 생겨 대타로 한 클라스를 맡게 되었다. 나름 오래전부터 숲 관련 단체의 홍보위원을 맡은 터라 자신 있게 수업을 진행했다. 그런데 그 자신감은 오래가지 못했다. 갑자기 한 학생이 "선생님, 이 꽃 이름이 뭐예요?"로 시작해 계속해서 다른 학생들도 궁금한 것을 물어보는데 지금처럼 스마트폰을 이용해 검색할 수 없는 상황. 그야말로 시간이 어떻게 지나갔는지 모를 정도로 진땀을 흘리며 부끄럼으로 가득 찬 하루였다.

글자를 모르면 문맹, 컴퓨터를 모르면 컴맹, 우리 주변의 꽃과 나무 이름을 모르면 '생태맹'이라 할 수 있다. 그날 이후 김태정 박사의 식물도감을 손에 들고 다니며 꽃과 풀 이름을 공부하기 시작했다. 그렇게 한 달 정도 지나자 신기한 일이 벌어졌다. 그동안 무심코 지나쳐 왔던 것들이 그들의 이름을 불러주고 관심을 가지니 그들도 내게로 다가와 꽃이 되고 나무가 되었다. 마치 서로의 감정이 통하는 것처럼 교감할 수 있었다. 회사 옆에 있던 거대한 나무가 700년이 넘은 회화나무고 조선 초기 김종서 대감 집 앞마당에 있던 나무라는 것도 알게 되었다.

'사랑하면 알게 되고 알면 보인다'라고 했다. 그리고 그때 보이는 것은 예전에 보았던 것과 다르게 보이는 법. 더불어 살아가는 생명에 관심을 가지고 그들의 눈높이에서 바라보니 세상이 달라 보였다. 집 밖을 나서면 아파트 화단에 꽃들이 인사를 하고 발밑에 있던 작은 생명이 말을 건네왔다. 내가 살고 있는 아파트 단지에 그렇게 많은 꽃과 나무들이 있었는지 예전엔 미처 몰랐다. 노란 민들레를 시작으로 꽃다지, 목련, 벚꽃, 라일락, 찔레꽃이 이어달리기하듯 피어나고 계수나무, 모감주나무, 자귀나무가 자태를 뽐내고 있었다. 봄이 짧다고 하지만 긴 겨울을 이기고 새로 얼굴을 내민 작은 꽃들과 새싹을 바라보는 재미에 봄은 그 어느 계절보다 기다려지고 설렘으로 가득하였다.

무심히 지나치면 보이지 않는 아주 작은 꽃입니다.

빛바랜 갈색 낙엽 틈에 피어난 파란 꽃이 하도 예뻐서

길을 가다 멈추고 가만히 들여다보았습니다.

이름을 몰라서 한참을 찾아보니 봄까치꽃(큰개불알풀)이었습니다.

고개를 들면 흐드러진 벚꽃이 분분히 하얀 꽃잎을 날립니다.

진달래, 개나리도 크고 화려한 꽃망울을 터트리며

한바탕 꽃 잔치를 벌이는 계절입니다.

하지만, 아무도 알아주지 않아도

자기 빛깔과 향기로 수줍게 피어나는 풀꽃들이 있기에

이 봄이 더욱 아름답습니다.

사진은 현실에 존재하는 사물에서 새로운 의미를 발견하는 예술이다. 한정식 교수는 그의 저서『사진예술개론』에서 "나를 표현한다고 할 때 가장 중요한 것은 내 감정이다. 내 감정의 흐름은 나도 모른다. 언제 어떻게 변할지 모르는 것이 사람의 감정이거니와 내 감정을 내가 제어하기도 어렵지만, 저절로 변하는 감정은 변하는지도 모르는 사이에 변하고 만다. 이것이 감정이다. 그 감정은 그때 표현하지 않으면 안 된다"고 했다. 우리는 수시로 변하는 마음을 눈 앞에 펼쳐진 피사체와 교감하며 사진을 통해 감정의 실핏줄이 흐르는 내 마음을 살펴볼 수 있다. 우리의 삶이 세상과 교감하며 반응하고 소통하는 과정이듯 사진은 우리가 사물과 교감하고 반응하여 얻은 결과물이다. 그러므로 사진을 통해 삶에 대한 통찰의 기술을 배울 수 있다.

사진에 마음을 담는 여덟 가지 방법

1) 멈추고 호흡을 느껴본다

눈이 살포시 내린 아침, 출근길을 서두르다 풍경 하나가 내 마음속에 들어왔다. 흰 비둘기 한 마리가 고요히 앉아 있었다. 그 모습을 보면서 인디언 이야기 하나가 떠올랐다. 북미 인디언들은 말을 달리다가도 그 자리에 서서 한참을 자신이 달려온 길을 뒤돌아본다고 한다. 뒤늦게 오는 자기 영혼을 기다리기 위해서란다. 하루하루 마감에 쫓기며 분주하게 살아온 나에게 그 인디언들의 이야기는 신선했다. 우연히 마주한 비둘기한 마리가 인디언들의 이야기를 떠오르게 했고 쉴 새 없이 달려온 나의 삶을 잠시나마 돌아보게 했다. 멈추었을 때 비로소 보이고 내 호흡을 의식할 때 나와 주변을 느낄 수 있다.

사진에 마음을 담는 첫 번째로 '멈춤'과 '호흡'을 꼽은 이유

다. 일상생활을 하다 보면 감정을 조절하기 힘들 때 조용히
눈을 감고 숨을 들이쉬고 내쉬는 동안 내 안에 가득했던 근
심, 걱정들이 사라지는 것을 느낄 수 있다. 눈을 뜨고 고개를
들어 주변을 살펴보면 자연에 존재하는 풀 한 포기, 곤충 한
마리 등 모든 것이 온전히 저 자신으로 존재함을 알 수 있다.
어느새 내 마음이 고요해지고 지금 이 순간에 존재하고 있음
에 감사하는 마음이 일어난다. 그리고 세상 모든 것이 나와
연결되어 있다는 것을 느낄 수 있다.

'당신이 모든 것을 멈추고 고요해질 때 지혜가 바로 거기 있다.

그저 보고 들어라. 그 이상은 필요 없다.'

— 에크하르트 톨레, 『고요함의 지혜』 중에서

2) 앞에 있는 대상을 천천히 바라봄

멈춤과 호흡을 통해 나와 주변이 연결되어 있음을 느꼈다면 앞에 있는 대상을 천천히 바라본다. 꽃이 보이고 벌들이 보이고 땅에는 쉴 새 없이 오가는 개미들이 보인다. 꽃 속을 자세히 들여다보면 그 안에 또 하나의 우주가 들어있는 듯 신비한 모습이 펼쳐진다.

자세히 보아야 예쁘다.

오래 보아야 사랑스럽다.

너도 그렇다.

사진의 출발은 바라보는 것에서 시작한다. 나태주 시인 '풀꽃'이란 시어처럼 자세히 그리고 오래 바라봄은 피사체와 소통을 위한 첫걸음이라고 할 수 있다. 카메라를 들고 뭔가를 찍기 위해 길을 나서면 세상이 달라 보인다. 평소 무관심하게 지나치던 것들이 특별한 의미로 다가오기 때문이다. 그래서 사진에서 본다는 것은 느낀다는 것이고 가장 중요한 첫걸음이라 할 수 있다.

막내 아이의 눈동자입니다.

공원을 산책하다가 고개 숙인 해바라기를 올려다보는 아이의 눈동자에는 구름 한 점 없는 파란 하늘과

잔뜩 씨를 품은 해바라기가 머물러 있습니다.

피곤한 아빠에게는 대수롭지 않은 일상들이

아이의 맑은 눈 속에서는 아름다운 세상으로 다시 태어납니다.

바쁜 도심의 일상에 쫓겨

하늘도 제대로 보지 못하고 사는 우리네 모습을 돌아봅니다.

가끔은 고개 들어서 높고 푸른 가을하늘을

눈동자에 가득 담아봐야겠습니다.

3) 느낌을 피사체에 투영

집 앞 산책로를 걷다가 키다리 메타세쿼이아 나무 한 그루와 눈이 마주쳤다. 10년 넘게 늘 그 자리에 서 있던 나무에 어느 날 사람 얼굴의 모양이 나타난 것이다. 나무가 자라면서 떨군 옹이가 사람의 모습처럼 보이는데 처음으로 그 나무를 자세히 보게 된 것이다.

사진을 찍으면서 자신만이 볼 수 있는 대상과 의미를 발견하는 과정은 참으로 짜릿하다. 주변에 흔하게 있고 늘 보던 사물들 속에서 새로운 모습을 발견하고, 사진에 나의 느낌과 감정을 담다 보면 어느덧 몰입할 때 맛볼 수 있는 엔돌핀이 분비된다. 기분이 좋아지고 살아있음에 감사의 마음이 가슴 깊은 곳에서부터 올라온다.

리처드 D. 자키아는 그의 저서 『시지각과 이미지』에서 이미지에 불과한 사진에 마음을 담는 방법으로 투사(projection)와 내사(introjection), 합치(confluence)의 과정을 통해 사물에서 어떤 의미를 발견하고 자신의 마음을 담는 것이라 분석했다.

투사는 현장에서 사진가가 느낀 마음을 피사체에 투영하는 것을 말한다. 때로 나무들이 웃거나 울고 있는 것처럼 느낀다. 아파트 화단에 은밀하게 숨어서 지구인을 감시하는 듯한 외계인 모습을 하고 있는 파이프를 보면서 웃곤 한다.

내사는 피사체가 미처 하지 못한 말을 이끌어내 사진으로 표현하는 것으로, 피사체가 내는 작은 목소리에 귀 기울이고 그들이 내는 목소리를 들어주는 것을 말한다.

합치는 피사체의 본질과 사진가의 마음이 하나가 되는 과정으로 피사체에서 어떤 기운이 느껴지고 피사체가 살아있는 듯한 느낌을 가지는 것을 말한다. 여행할 때 풍경과 내가 하나가 된 느낌이 들 때가 있다.

손톱에 낀

가시 하나 때문에

온종일 아프고 불편했다.

…

팽나무야

얼마나 아프고 불편했니?

미안하다.

이 팽나무와 처음 마주했을 때 마음이 아렸다. 평생 녹슨 파편을 몸에 품고 살아가는 사람의 모습을 보는 것 같았다. 자신을 조여 오는 아픔을 품고 얼마나 많은 낮과 밤을 보냈을까? 자신의 하늘을 열기 위해 결코 성장을 멈추지 않았을 나무의 의지를 볼 수 있었다.

모든 생명은 스스로 포기하는 법이 없다. 지금 이 순간도 그저 주어진 조건에서 최선을 다해 자신의 생명 의지를 불태울 뿐이다. 우리 주변에 너무 흔해 그냥 무심코 지나치는 것에 대해 마음의 문을 활짝 연다면 그들도 우리에게 다가와 소중한 삶의 벗이 될 것이다.

4) 피사체가 내는 작은 목소리에 귀 기울임

세상 만물은 에너지를 품고 있다. 강아지를 데리고 산책하는 사람이나 공원 나무들, 심지어는 쇠나 돌로 이루어진 조형물들도 모든 것은 형태만 다를 뿐 원자들로 구성되었기에 각자 고유의 파동을 가지고 있다.

우리가 어느 대상과 마주했을 때 느끼는 감정도 그 대상이 내는 파동과 우리의 생각이 빚은 결과물이다. 그 대상에 가만히 귀 기울일 때 그들이 내는 소리(파동)를 느낄 수 있고 공감할 수 있을 것이다.

미국의 사진작가 리제트 모델(Lisette Model)은 작고 미미한

존재, 별것 아닌 존재, 상처받고 소외된 존재들에게도 눈길을
주어 그들의 말을 들어주고, 그들의 이야기를 세상에 드러내
그들이 주인공이 되게 하는 것을 사진의 참된 노출이라고 정
의했다.

아주 작고 미미한 피사체라도 그들이 내는 목소리에 귀를
기울일 때 피사체와 마음이 일치되는 합일의 순간이 열린다.

지난겨울 비둘기 한 마리가 제 마음속으로 날아 들어왔습니다.

날개 끝에 두 줄의 갈색 무늬가 있는 비둘기입니다.

몸도 마음도 지쳐 나무 그네에 앉아

물끄러미 호수를 바라보던 어느 날이었습니다.

종종거리며 먹이를 쪼고 있는 모습을 자세히 보니

발가락이 모두 잘리고 발목만 앙상하게 남아있었습니다.

균형이 맞지 않는 발로 뒤뚱거리며

이리저리 힘겹게 걷는 모습에 콧등이 시큰거렸습니다.

"얼마나 사는 게 힘들었을까?"

그때부터 습관처럼 그곳에 가면 그 비둘기를 찾게 되었습니다.

가끔 마주친 그 아이는 다른 애들한테 뒤처지지 않고 씩씩하게 살
아가고 있었습니다.

안쓰러운 마음이 컸는데 그 당당한 모습에 저도 위로를 받았습니다.

사람이든 동물이든 어려움을 극복하고

성장하며 살아가는 모습은 참으로 아름답습니다.

5) 피사체와 공감

사진은 내 마음을 비추는 거울이다. 상한 마음이 내 안에 갇혀 있을 때 그것은 곪아서 상처가 된다. 그 상한 마음을 밖으로 내보내 객관화시키는 좋은 방법이 산책하며 사진을 찍는 것이다. 산책을 통해 그 마음이 밖으로 나올 수 있고 사진을 통해 힘들고 지친 마음을 위로하고 상처 난 마음을 치유할 수 있다. 그 어느 순간 내게로 다가온 대상에 내 마음을 담아 찍은 사진이 자신의 마음이 가장 잘 드러난 '자기 사진'인 것이다.

이야기 9 / 자작나무와 대화

사진기자의 생명은 무거운 카메라 장비를 메고 어디든지 출동할 수 있는 튼튼한 허리와 다리가 필수요건이다. 그런데 2005년 여름쯤 몸에 이상신호가 감지되었다. 참고 참다가 걷기조차 힘들 정도로 오른쪽 다리에 통증이 심해져 병원에서 정밀검사를 받으니 허리디스크 진단을 받았다. 더이상 허리에 무리가 가면 이 직업을 계속하기 힘들다는 의사의 충격적인 말을 듣고 많은 시간 방황했다. 마음을 추스르기 위해 호수공원을 산책하다가 우연히 이 나무와 눈이 마주쳤다. 얼핏 사람 눈을 닮은 옹이를 한동안 바라보자 자작나무가 나에게

말을 걸어오는 듯했다.

"너 많이 힘들었구나."

나무에 다가가 돌처럼 단단해진 옹이를 어루만져주자 나무도 내 가슴속 옹이를 쓸어주는 것 같았다. 세상을 살면서 서로의 아픔을 알아주는 것만으로도 큰 위로가 된다. 한동안 그렇게 나무와 이야기를 주고받으며 집으로 돌아오는 길, 발걸음이 무척 가벼워졌다. 말이 통하지 않아도 서로 상처를 이해하는 것만으로도 오랜 친구처럼 큰 위안이 되었다. 그 후 차츰 마음의 상처를 치유할 수 있었고 새로운 삶의 활력을 얻어 차츰 건강을 회복하고 운동들을 통해 허리디스크를 극복

할 수 있었다. 호수공원 산책길에서 만난 자작나무 옹이와의
인연 덕분이다.

  그 후로 나무들의 옹이를 볼 때마다 그 나무가 성장하면
서 겪었을 아픔을 생각하게 되었고 더 크고 멋지게 자라도록
격려해주었다. 우리는 살아가면서 크고 작은 삶의 옹이를 만
든다. 나무가 스스로 가지를 잘라내는 아픔처럼 그 당시에는
무척 힘들고 괴로울지라도 그 아픔이 우리를 더욱 큰 사람으
로 만들기 위한 밑거름이 될 것이다.

  공원 산책길에서 자작나무 옹이와 눈이 마주쳤다.
  마치 내 마음까지 들여다보는 듯 선명한 눈빛이다.

  "너 많이 힘들구나."

  상한 속마음을 들킨 것 같았다.
  열대야로 잠을 설치고 일이 뜻대로 되지 않아
  괜히 집고양이에게 화풀이하고 나선 길이었다.

  "응 지금 좀 힘드네."
  주절주절 가슴속에 묻어 두었던 말을 하자
  자작나무 눈이 반짝였다.

"이 상처는 내가 아팠던 흔적이야. 하지만 지금은 내 몸의 상처가
세상을 보는 눈이 되었어."

돌처럼 단단해진 옹이를 어루만져주자
자작나무도 축 처진 내 어깨를 다독인다.

"힘내."

마음이 통하면 모든 것이 통하나 보다.
집으로 돌아오는 발걸음이 한결 가벼워졌다.

6) 사물에서 발견한 느낌을 카메라에 담음

신문사에서 주말판을 담당하면서 늘 함께 다니던 여행담당 후배가 있었다. 그 후배는 내가 사진 찍는 모습을 보고는 종종 "선배는 직관으로 사진을 찍는 것 같아요"라고 하곤 했다. 취재를 함께 가면 그 대상이 사람이든 자연이든 도통 사진 찍을 생각은 않고 같이 놀거나 수다를 떤 후 어느 순간 후루룩 사진을 찍는 모습을 보고 하는 소리다.

우리의 내면과 무의식은 평소 접하는 사물에서 느끼는 생각이나 감정을 통해 만들어진 감성이 숙성되어 이뤄진 것이다. 그러기에 충분히 교감을 나눠야 그 사람의 본 모습이 보이고 자연의 속살이 드러난다. 사진을 찍는 순간 우리의 내면이 만든 마음의 눈, 즉 직관에 따르면 자연스럽게 자신의 감정이 표현되고 마음이 드러난다.

사진은 한 편의 시와 같다. 설명해서 보여주는 것이 아니라 온전히 그 자체의 어떤 느낌을 전달하는 것이다. 느낌을 충실히 전달하기 위해서는 자신의 느낌을 발견해야 한다. 공간에 몸을 맡기고 오감을 열어두면 뭔가 마음의 동요가 일고 떨림이 있다. 하나의 분위기가 자연스럽게 내게로 다가오는 그 순간 사진을 찍으면 된다.

어떠한 사물을 마음의 눈으로 바라볼 때 각자의 마음에 쌓인 삶의 경험과 깊이, 양식들이 무의식으로 발현되어 어떤 사

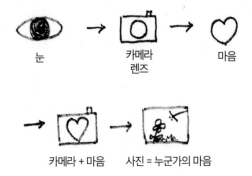

눈 → 카메라 렌즈 → 마음

→ 카메라 + 마음 → 사진 = 누군가의 마음

물과 만나면 순간적으로 떨리는 파동의 순간이 오는데 로버트 프랭크는 "사물이 정지되고(물질이 종료되고) 정신이 시작되는 하나의 가느다란 선"이라고 표현하였다.

이야기 10/**서리가 전한 메시지**

서리가 내리면 화려하고 풍성했던 가을이 마감된다. 풀잎들은 흙빛을 닮아가고 단풍들은 낙엽이 되어 흙으로 돌아간다. 회사에서 보직 데스크를 맡은 지 3년차, 계속되는 회의로 몸도 마음도 시들어갔다. 첫서리가 내린 휴일 아침, 집 앞 공원을 산책하다가 꽁꽁 얼어있는 산국을 마주했다. 언제나 화려할 것 같은 꽃잎들이 갑자기 내린 서리에 몸을 떨고 있었다. 산국에게는 덧없이 변해가는 계절이 야속하겠지만 때가 되면 자리를 양보해야 한다는 메시지를 나에게 전해주는 것 같았다. 이듬해 봄 서리 맞은 산국의 교훈을 되새기며 보직을 사퇴하고 후배에게 데스크 자리를 물려주었다. 살면서 제일 잘한 선택 중의 하나였다. 다시 현장으로 돌아와 꽃을 피울 수 있었다.

간밤에 서리가 내렸다.

활짝 꽃을 피운 산국도 하얗게 얼어있다.

거리에는 아직 가을의 정취가 남아있는데,

하얗게 내린 서리가 겨울을 재촉한다.

떠나가는 가을이 못내 아쉽지만, 그러나 어쩔 것인가.

서리는 겨울이 오는 것도 모른 채 영원히 화려할 것처럼 피어있는
이 자리를

이제는 비워주어야 한다는 자연의 가르침인 것을….

독일의 철학자 니체는 『짜라투스트라는 이렇게 말했다』에서
깊은 고요의 순간을 경험했을 때를 다음과 같이 적고 있다.

"행복을 위해서는, 행복해지는 데는,

얼마나 작은 것으로도 충분한가!

더할 나위 없이 작은 것, 가장 미미한 것, 가장 가벼운 것,

도마뱀의 바스락거림, 한 줄기 미풍, 찰나의 느낌, 순간의 눈빛…

이 작은 것들이 최고의 행복에 이르게 해 준다.

고요하라."

에크하르트 톨레가 『삶으로 다시 떠오르기』에서 말한 '순수
한 있음'의 기쁨과 같은 맥락이다.

"만약 빗소리나 바람 소리를 듣는 일 같은 단순한 일들을 즐길 수
있다면,

만약 하늘에 흘러가는 구름의 아름다움을 볼 수 있다면…

그때 평소 같으면 끊임없는 생각의 흐름에 점령당하고 있을 마음

에 짧은 순간이긴 해도 '순수 공간'이 열린다. 그때 생생한 평화와 행복이 느껴진다.''

'목마른 참새'를 시작으로 우리와 더불어 살아가는 작고 미미한 생명을 찾아 나서면서 큰 기쁨을 맛보았다. 같은 하늘 아래 살면서도 늘 그 자리에 있었지만 미처 보지 못한 생명들을 발견할 때마다 행복했다. 당시에는 그 행복한 느낌이 어디에서 오는지 몰랐다. 그저 카메라를 들고 뭇 생명을 찾아 나설 때 설레는 마음뿐이었다.

톨레의 책을 접하면서 그것은 시간을 뛰어넘는 기쁨이며 에고에 지배당하지 않는 '순수 공간'으로 들어섬이고 그곳에서 최고의 행복을 맛보는 것이라는 사실을 알게 되었다. 카메라를 들고 피사체와 마음을 나눌 수 있다면 우리는 이미 기쁨으로 가득한 순수 공간 속으로 한 발 들어선 것이다.

7) 말을 걸듯 찍음

사진은 어느 시간과 공간을 한순간 고정시켜 놓기에 흔히 '기억의 창고'라 한다. 시간이 흘러도 사진 속 그 날의 기분과 분위기 감정 등이 사진을 통해 그대로 전달된다. 기분이 좋았으면 좋은 대로, 슬펐으면 슬픈 대로 추억의 한 자락을 사진은 간직하고 있다. 가족의 밥 먹는 모습에서 행복을 느꼈기에 사진을 찍었을 것이다, 이런 사진은 시간이 지날수록 더 소중해진다. 잘 찍었든 못 찍었든 자신의 행복했던 순간의 추억을 담고 있기 때문이다.

"아빠도 빨리 드세요."

막내아들이 재롱 섞인 목소리가 들리는 듯하다. 막내가 올해 군에서 제대했으니 벌써 20년 전 사진이다. 지금은 둥지를

떠나 각자의 삶을 살지만 이 사진은 아이들과 한솥밥을 먹으며 알콩달콩 지내던 기억을 떠올리게 한다.

마음속 감정이나 느낌들은 사진에 그대로 드러난다. 입으로 소리를 내어 말하지 않더라도 카메라로 피사체에게 말을 걸어 찍어보면 아무 소리가 들리지 않아도 피사체는 카메라의 목소리에 반응하게 된다.

인물사진을 찍을 때 바로 카메라를 들이대고 사진을 찍으면 상대방은 어색할 수 있고 경직되기 쉽다. 카메라를 들기 전에 먼저 그 사람의 관심사나 날씨 등 세상사에 대해 몇 마디 이야기를 나눈 후 자연스럽게 대화를 이어가면서 말을 걸 듯 사진을 찍으면 자연스럽고 맛깔스런 인물사진을 얻을 수 있다. 그 대상이 사람이 아닌 뜰 앞에 피어난 꽃일지라도 그냥 찍은 사진과 말을 걸며 찍은 사진은 느낌부터 다르다.

8) 카메라에 나의 감각을 덧씌움

일상 속에 스며든 아름다움과 즐거움을 발견하고 '내가 생각한 느낌'이 고스란히 사진에 담겼을 때 기쁨이 인다. 그 맛이 사진을 하는 가장 큰 즐거움이라 할 수 있다. 한 장의 사진을 통해 내가 느낀 감정과 생각을 확인할 수 있기 때문이다.

아내와 호수공원 산책길에 나섰다.

다리 밑을 지나니 서쪽으로 기우는 해가

　　오렌지색을 품고 구름 사이로 황홀한 기운을 내뿜고 있는 모습을
보았다.

　"하늘은 참 공평한 것 같아. 누구나 똑같이 즐길 수 있으니."
　가던 길을 멈추고 아름다운 노을에 감탄하며 아버가 중얼거린다.
　아버의 말이 묘하게 위로가 된다.
　최근 몇 년간 일고 있는 집값 광풍에 마음이 불편했었다.

아이들 잘 키우며 열심히 살았는데 자꾸 삶에서 뒤처지는 느낌이었다.

허한 가슴에 노을빛이 채워지며 작은 기쁨이 솟아났다.

앞서 걷던 중년 부부도, 유모차를 끌고 아기와 함께 가던 엄마도 이 순간, 모두 같은 마음일 것이다.

장마와 무더위 속 우리 곁에 찾아든 아름다운 햇살과 부드러운 바람, 황홀한 일몰까지

'여름이 준 선물'에 마음이 평화로워진다.

— 2021년 8월 (사람풍경)

이곳을 지나는 모든 이에게 평화로운 마음을 선물한 여름의 모습을 사진에 담고 싶었다. 어느덧 내 몸의 일부가 된 스마트폰이 자연스레 주머니에서 나와 내 마음을 표현했다. 노을에 노출을 맞추어 다리와 사람을 실루엣 처리하고 노을의 황홀한 분위기를 살렸다.

한정식 교수는 『사진예술개론』에서 "나를 표현한다고 할 때 가장 중요한 것은 내 감정이다"라고 했다. 감정은 쉴 새 없이 변하고 요동친다. 기분이 좋아졌다가 나빠지기도 하고 반대로 슬픈 감정에 휩싸여 있다가도 어떤 새로운 조건이 주어

지면 기쁜 마음으로 변하기도 한다. 자신의 감정 흐름은 일관되지 않기에 자신도 모르는 경우가 많다. 그래서 우리는 그때그때 변하는 마음을 사물에 담아 자아를 표현하기 위해 사진을 찍는다.

"왜 내가 생각하고 느낀 대로 나오지 않을까?"

사진을 하면서 제일 큰 고민이 바로 이 점일 것이다. 분명 입에서는 감탄사가 일고 내 마음을 사로잡는 마음속 동요가 일어나 사진을 찍었는데 막상 찍힌 사진들을 보면 실망스러울 때가 한두 번이 아니다.

최근 스마트폰의 발달로 보이는 대로 그냥 찍는 것은 언제 어디서든 할 수 있다. 마주하는 피사체에 내 마음이 투영되고 어떤 느낌과 감정을 느껴서 나만의 방식으로 사진을 찍고 싶다면 카메라에 나의 감각을 씌우는 연습과 최소한의 '사진의 문법'을 알 필요가 있다.

사진의 문법

교사이셨던 아버지는 카메라를 한 대 소장하고 계셨다. 4 남매의 사진을 찍어주거나 수행여행 때 학생들 사진 찍어주는 것을 좋아하셨다. 늘 부산했던 내가 눈독을 들이자 손이 안 닿는 곳에 감춰두곤 하셨다. 어느 날 아버지 몰래 그 카메라를 손에 넣고 사진을 찍으려 했으나 복잡한 시스템에 손을 들고 말았다. 사진을 업으로 살아가면서도 카메라가 업그레이드될 때마다 복잡한 매뉴얼을 숙지하는 것이 늘 숙제였다. 필름카메라에서 디지털카메라로 진화되고 다시 스마트폰이 나오기 전까지 일반인들이 느끼는 사진에 대한 생각은 대개가 '어렵다'였다.

어느 대상과 마주했을 때 우리의 '감각'은 빛보다 빠른 속도로 작동하고 사물에 대한 그 느낌을 즉시 알려주기에 매우 유용하다. 눈앞에 보이는 것에서 느끼는 '인상'은 눈으로 보는 시각적 판단도 유용하지만 오감이 총동원되어 온몸으로 받아들이는 '감각'에 가깝다. 하지만 내가 느낀 그 인상을 사진으로 표현하고자 할 때 카메라는 '감각'이 없다. 생명이 없는 카메라에 피가 돌게 해야 한다. 내가 카메라가 되고 카메라가 내가 되어야 나의 감각이 사진에 담길 수 있다. 이래서 카메라에 대한 문법이 필요하다. 이번 장에서는 마음을 사진에 담는 최소한의 사진의 문법에 대해 알아보자.

1) 빛

동이 트는 모습을 회사 옥상에서 사진에 담아봤다. 해가 지고 모든 사물이 자기의 색깔을 버리고 깊은 어둠 속에 잠긴다. 우리가 어떤 대상이 눈에 보인다는 것은 빛이 있다는 뜻이다. 사진의 어원 Photo가 '빛'이란 뜻을 갖고 있는 것처럼 사진을 흔히 '빛으로 그린 그림'이라고 한다. 카메라의 원리도 필름이나 이미지 센서(CCD)를 빛이 차단된 밀폐된 상자 속에 넣고 순간적으로 빛을 쪼여 노출시키는 간단한 구조를 갖고 있다. 따라서 사진을 이야

기할 때 모든 것을 다 버리고 마지막 한 가지를 남긴다면 그것은 빛이라 할 수 있다. 빛이 없으면 사진 자체가 존재할 수 없기 때문이다.

새벽녘 이 어둠에 태양빛이 닿아 색이 탄생하는데 그때 처음으로 태어나는 색이 청색이다. 해가 뜨기 전 사진을 찍으면 푸르딩딩한 모습이다. 해가 떠오르면 빛을 받아들인 사물들은 본래 자신들이 가지고 있던 다양한 모습과 색으로 다시 태어난다. 그래서 이 세상의 모든 사물은 태양빛을 원동력으로 날마다 새롭게 생명을 얻는다.

사진을 찍을 때 빛을 본다는 건 그 상황의 빛으로 어떤 사진이 찍힐지를 미리 예측하는 것이다. 한발 더 나아가 자신이 원하는 이미지를 얻어내기 위해선 어떤 빛을 더하고 뺄지, 그 빛을 어떻게 배치하고 이용할지 등을 결정할 수 있어야 한다는 의미다. 그래서 사진을 찍고자 할 때 제일 먼저 하는 고민이 어떤 빛이 좋은 빛일까? 하는 것이다. 피사체를 돋보이게 하는 빛은 어떤 빛일까? 답은 간단하다. 내 마음과 생각이 잘 드러나게 하는 데 적합한 빛이 좋은 빛이다. 좋은 빛을 보고, 느끼고, 표현할 줄 아는 것이 사진의 시작이라고 할 수 있다.

빛을 이해하기 좋은 방법의 하나는 빛의 변화를 관찰하는 것이다. 새벽부터 밤까지 빛이 어떻게 변하는지, 빛의 변화에 따라 색이 어떻게 변하는지, 느낌은 또 어떤지 체험해보면 빛에 대한 이해가 빨라진다. 또 낮과 밤이 교차하는 시점의 빛은 어떤지, 해는 졌지만 아직 하늘에 남아 있는 자연의 빛과 가로등과 건물 조명이 어떻게 조화를 이루는지 관찰하면서 사진을 찍어보자.

강원도 화천에서 열리는 눈축제를 사진에 담기 위해 새벽부터 집을 나섰다. 그날의 일정을 빛으로 담아보았다.

06:00

07:00

08:30

11:00

13:00

17:00

18:00

(1) 그림자

아내와 산책을 하다가 공사장 외벽 가림막에 나무 그림자가
아름답게 드리워져 아내와 함께 그림자 사진을 찍어보았다.

최근에 나사에서 제임스웹이라는 우주망원경이 찍은 우주의 사진을 공개하면서 광년이란 단어를 자주 접한다. 지구에서 7600광년 떨어져 있는 용골자리 성운의 모습에 세계의 이목이 집중되었다. 빛이 1년 동안 이동하는 거리(9조 4600억km)를 1광년이라고 하니 7600광년은 상상조차 하기 힘든 거리다. 새삼 빛이 신비롭게 느껴진다.

빛은 무조건 앞으로 나아간다. 장애물이 생기면 그 장애물을 품고 그림자를 만든다. 그래서 그림자가 있다는 것은 빛이 있다는 것이고 존재가 있음을 의미한다. 공포영화 속에서 그림자가 없는 인물들이 종종 등장하는데 현실에 존재하지 않는 귀신이나 유령들을 표현할 때 쓰이곤 한다.

이처럼 그림자는 존재의 상징처럼 빛에 의한 하나의 결과물이다. 빛의 성질에 따라 다양한 종류의 그림자가 존재하는데 사진을 찍을 때 그림자를 잘 본다면 현재 빛의 성질을 보다 쉽게 판가름하고 상황에 맞게 대처하기가 쉬워질 것이다.

-그림자가 연하면 빛이 약한 것

-그림자가 길면 지금 빛이 누워서 들어오는 것

-그림자가 없거나 없다시피 하면 구름 낀 것

-그림자가 새까맣고 경계선이 강하면 인물도 쨍하게 나옴

-그림자가 여러 개면 현재 피사체에 영향을 주는 광원도 여러 개라
 는 소리다.

봄은 고양이를 닮았다.

조용하고 부드럽고 날카롭게

시나브로 다가온다.

코로나 확진으로 집콕 생활 일주일째,

무감각해진 시간 속에 허우적거리는 틈으로

따사한 햇살 한 줌이 거실에 스며든다.

나른한 눈으로 졸고 있던 고양이.

어느새 자기보다 커진 그림자를 보고

화들짝 놀라 귀를 쫑긋 세우고 노려본다.

입춘은 지났지만 발코니 밖은 아직 꽁꽁 얼어 있다.

모든 것이 숨죽이고 있는 듯하지만,

고양이처럼 봄은

조용하고 부드럽고 날카롭게

우리 곁에 한 걸음씩 다가오고 있다.

(2) 빛을 느껴보자

빛 한 자락 보이지 않을 것 같은 어둠 속에도 사진적인 빛은 존재한다. 그리고 여기에는 공기, 바람, 습도, 안개, 소리도 함께 녹아 있다. 빛은 홀로 존재하는 것이 아니라 이 모든 것들과 섞여 우리에게 다가오는 것이다. 이것을 하나로 묶어 '분위기'라고 표현한다.

사진을 찍고자 할 때 가장 중요한 것은 빛이라기보다 이 분위기다. 즉 분위기는 빛을 포함해 사물을 총체적인 감각으로 느끼는 것이다. 이 분위기를 표현할 수 있을 때 감각적이고 멋진 사진을 얻을 수 있다. 앞으로 배우는 사진의 문법들은 결국 이 분위기를 효과적으로 표현하기 위한 수단이다.

어둠이 스며든 서울숲에서 봄바람에 벚꽃잎이 날리는 모습을 카메라에 담았다.

안개가 자욱한 서울숲의 모습은 마음을 차분하게 해준다.

코로나가 물러가면서 여행업계가 들썩이고 있다. 우리가 여행하면서 자주 쓰는 단어가 관광이다. 觀(볼 관) 光(빛 광). 말 그대로 빛을 보는 것을 말한다. 나의 일상을 비추는 빛을 보고 느낄 수 있다면 그야말로 매일이 관광인 셈이다.

언젠간 그날의 추억이 그리워졌을 때 그날 내 주위에 머물던 빛이 촬영된 사진 한 장이 남아 있다면, 그 소중한 기억이 보다 선명하게 떠오를 것이다.

장난기 많은 둘째 아이가 고구마를 캐다가 자기 얼굴보다 크다며 고구마를 들어 보이며 익살스런 표정을 짓고 있다. 옆에서 그 모습을 지켜보시던 어머니는 배꼽이 빠질 정도로 빵

터지셨다. 20년이 넘은 추억이지만 이 사진을 볼 때마다 그날 고구마밭의 추억이 선명하게 떠오른다.

(3) 사진작가들이 왜 아침이나 저녁 빛을 선호할까?

이른 아침과 늦은 오후에는 태양이 낮게 떠 빛이 비스듬히 비친다. 이때의 빛은 부드럽고 따뜻한 느낌이 나며 붉은색이나 황금색을 띤다. 또 낮게 드리워진 빛은 사물의 질감과 색조를 아름답게 보여준다. 하루 중 가장 인상적인 사진을 찍을 수 있는 시간이기도 하다.

낮게 드리워진 빛은 긴 그림자를 만들면서 강한 명암대비를 이루어 입체감 있는 사진을 만들 수 있다. 사진을 입체적으로 보여주는 것은 중요하다. 우리가 살고 있는 세상은 공

간과 느낌을 가진 3차원, 4차원의 세상이다. 세상을 카메라에 담는 순간 2차원의 평면 사진으로 변해버린다. 그래서 현장에서 느낀 감동을 사진에서 다시 느끼기 어렵다. 이 한계를 조금이라도 극복하기 위해 주 피사체가 돋보이게 잘 드러내주는 아침이나 저녁의 빛을 선호하는 것이다.

(4) 사진에서 빛을 조절하는 세 가지 장치

만약 빛이 없다면 사진촬영이 불가능하다. 그 빛에 반사된 이미지를 기록한 것이 사진이기 때문이다. 그러므로 한줄기 희미한 빛만 있어도 그것은 곧 사진으로 표현될 수 있다. 흔히 초보자들은 밤에 플래시 없이 사진을 찍으면 시커멓게 나온다고 생각하는데 요즘은 카메라의 성능이 뛰어나 밤에도 감도를 높이거나 삼각대를 이용하여 오랜 시간 노출을 주면 멋진 야경 사진을 얻을 수 있다.

어두운 밤에도 사진이 나올 수 있는 것은 우리 눈과 카메라 렌즈의 차이 때문이다. 우리 눈은 어두운 곳에서는 제대로 작동을 못하지만, 카메라는 조리개를 열고 감도를 높이고 셔터를 느리게 하면 곳곳에 숨어있는 미세한 빛도 포착하여 담아낼 수 있다. 카메라의 이런 특성으로 어두운 밤에 차량의 궤적사진과 별 사진을 찍을 수 있다.

사진을 알기 전에 제일 궁금했던 점이 바로 달력 사진에 나오는 도로 야경이었다. 사진의 원리를 알고 나서는 별 것 아니었지만 당시에는 긴 꼬리를 물고 이어지는 차량궤적 모습이 어쩌나 신기하던지….

데이트할 때 밤하늘의 별이 아름다워서 별 사진을 찍어주고 싶었지만 역부족이었다. 희미한 별빛을 모으기 위해 어두운 곳에서 카메라를 고정시키고 셔터를 개방하고 장시간 노출을 주어야 별 사진을 만들 수 있다는 사실을 알기까지는 많은 시행착오와 노력이 필요했다.

차량의 궤적 촬영

타임노출(1초 이상의 노출)을 이용하여 움직이는 빛을 촬영하면 육안으로는 보이지 않는 모양이 찍힌다. 이 마술 같은 사진의 가장 좋은 피사체는 자동차다. 자동차는 광량도 풍부하고 스피드도 있어 차량 모습은 안 찍히고 빛줄기만 남는다.

카메라를 손에 들고 P모드로 찍어 블러(blur)현상이 일어났다.

카메라를 단단하게 고정하고 M모드로 10초간 노출을 주었다.

- 촬영할 때는 약간 어두운 시간대가 좋고 다리 위나 아파트 베란다 등 전체 경치가 잘 보이는 곳이 좋다.
- 노출시간은 5초에서 1분 사이가 좋고 시간이 걸리므로 카메라가 움직이지 않게 단단하게 고정하는 것이 좋다.
- 조리개는 조여 전체 경치가 뚜렷하게 나오는 것이 좋고 전반적으로 어두울 때는 감도를 높여준다.

별사진 촬영

밝은 장소에서 한순간을 포착하는 카메라 기술과는 달리 어둠 속에서 사진을 찍으려면 나름대로 준비가 필요하다. 장시간 노출을 주어야 하므로 삼각대, 손전등이 필수 준비물이다.

- 별을 찍으려면 별을 보아야 하기에 우선 날씨가 좋아야 한다. 구름이 많이 끼거나 흐리면 별을 볼 수 없다. 또 보름처럼 휘영청 달이 밝으면 별이 잘 안 보인다. 따라서 그믐을 전후해 맑은 날 밤, 그리고 도심 주변은 피해야 한다. 일산 호수공원처럼 잡광이 많은 곳에서는 제대로 된 별 사진을 찍기가 힘들다.
- 렌즈는 표준렌즈도 좋지만, 보다 넓은 시야를 얻기 위하여 28~35mm의 광각렌즈가 좋다. 20mm이하의 초광각렌즈를 사용하면 빛줄기가 매우 가늘어져 버린다.
- 초점의 위치는 무한대로 맞추어 테이프로 고정시켜 놓는 것이 좋다.

10초간 노출

10분간 노출

가평 코스모스 천문대

① 셔터

카메라에 맺힌 이미지는 빛이 만들어낸 것이다. 빛이 없으면 이미지 또한 없다. 미세하더라도 빛만 있으면 얼마든지 이미지로 만들 수 있다. 셔터스피드는 셔터를 열어두는 시간 즉 빛의 양을 시간으로 조절하는 것이다. 빛이 너무 셀 땐 아주 빠르게 빛을 차단하여 빛이 과하지 않게 해야 하는데 카메라에서 이런 빛 조절을 하는 게 셔터다.

최근에 나온 스마트폰 카메라에도 1/24000초에서 30초까지 있다. 눈을 감고 1초만 있어 보자. 새삼 1초가 가진 시간의 의미를 다시 생각하게 될 것이다. 그 1초를 100분의 1, 혹 1000분의 1로 심지어는 10000분의 1로 잘게 쪼개어 빛을 조절하여 사진을 만드는 것이다. 격렬한 스포츠 경기를 보면 한순간 정지된 찰나의 순간들을 보게 되는데 이는 최소한 500분의 1초로 셔터를 열고닫기에 가능한 것이다.

간혹 별자리 사진을 보게 되는데 수억 광년에서 보내는 빛을 받아 사진으로 만들려면 최소한 30초 이상 셔터를 열어 놓아야 한다. 이처럼 다양한 빛의 양을 조절하고 이미지를 만들어내는 것이 사진이다.

건국 이래 최대 산불이라는 강원도 고성 야산에서 불에 타 앙상한 모습을 하고 있는 소나무를 배경으로 B셔터(조리개를

열어둔 상태에서 서터를 고정시킴)에 놓고 30분 노출을 주었다. 상
처받은 이곳도 시간이 그 상처를 보듬어 다시 살아나기를 희
망하면서 이 장면을 담았다.

　스티븐 쇼는 그의 저서 『사진의 문법』에서 "1만 분의 1초….
여기서는 시간이 얼려 굳어진다. 극히 짧은 시간 안에 시간의
알갱이들이 잘려져 새로운 한순간을 만들어낸다"라고 했다.

상상할 수 없을 정도로 빠른 시간 동안 빛에 반사된 이미지들이 급속 냉동되듯 카메라에 담긴다는 말이다. 셔터를 누르는 행위는 끊임없이 흐르는 시간의 한 자락을 잘라 담는 셈이다.

무한히 흐르는 시간의 한 자락을 끊어 담았기에 사진 속 시간은 정지되어 영원한 과거로 남는다. 평면인 사진 자체에 시간은 없지만 보는 사람의 기억으로 시간이 느껴지고 지각된다.

② 조리개

일반적으로 배경을 잘 처리했느냐 아니냐에 따라 피사체의 인상, 그리고 사진의 좋고 나쁨이 결정된다고 할 수 있다. 화면 구석에 쓸데없는 것이 들어가면 시선을 빼앗기게 되는데 사진을 찍고자 하는 대상(피사체)을 강조할 때 제일 먼저 할 수 있는 것이 배경을 단순화하는 것이다. 카메라를 이용해 할 수 있는 방법이 있는데, 조리개를 활짝 열어 배경을 흐릿하게 하면 찍고자 하는 대상이 강조될 수 있다. 만약 이것이 용이하지 않으면 배경을 최대한 단순화하면 된다. 일반적으로 어두운 배경에서는 피사체가 돋보이게 되는 사실을 사진을 찍는 동안 알 수 있다.

이른 봄 전남 장흥 야산에서 수줍게 피어난 할미꽃을 같은 눈높이에서 담아봤다. 조리개를 활짝 열어 배경을 단순화하니 오로지 할미꽃에 눈길이 가고 더욱 애틋하게 느껴진다.

누구보다도 먼저 피어나

봄을 깨우는 할미꽃.

자줏빛 벨벳 꽃잎과 노란 꽃술이

화려하기 그지없건만,

뜨거운 정열 가슴에 품고도

부스스한 솜털 속에 몸을 감춘 채

하염없이 땅만 바라보는

그 애잔한 아름다움이여….

렌즈와 마찬가지로 조리개도 사람의 눈을 생각하면 쉽게 이해할 수 있다. 사람의 눈은 여러 가지 시신경조직으로 이루어져 있는데 그중에 렌즈의 조리개에 해당하는 부위가 바로 '동공'이다. 동공을 통해 들어온 빛은 수정체(렌즈알)를 통과하여 카메라의 필름이나 CCD에 해당하는 망막에 그 상이 맺히게 된다. 눈을 자세히 들여다보면 동공은 빛이 밝을 때는 조여져 있다가 반대로 어두운 곳에서는 확 열려 있다. 카메라의 렌즈도 어두울 때는 빛에 담겨있는 색상정보를 많이 받아들이기 위해 조리개를 활짝 열게 된다.

조리개를 활짝 연다는 것은 무엇일까?. 렌즈에 내장된 밝기 조절 기구인 조리개는 보통 'F값'이라 부르는데 숫자가 작을수록 밝고 클수록 어둡게 된다. F값을 작게 설정하면 조리개의 개방 구경이 커지고 이를 조리개를 연다고 하고 반대로 F값을 크게 설정하면 개방 구경이 작아지고 이를 조리개를 조인다고 한다. 그러니까 렌즈의 조리개를 활짝 열면 앞에 있는 것은 뚜렷하게 보이지만 뒤에 부분은 희미하게 보이게 된다.

그러므로 보통 촬영하는 데 있어 '심도가 얕다'라는 말은 주 피사체를 제외하고는 그 정보가 흐릿하다고 말하는 것으로 보통 아웃포커스가 됐다고 한다. 반대로 심도가 높다는 말은 주 피사체 이외에 다른 것들도 그 정보가 비교적 뚜렷하게 되어 보통 넓은 풍경사진을 담을 때 사용한다.

F2.8 조리개 개방하여 뒷배경이 희미하다.

F11 조리개를 조여 배경도 뚜렷하다.

그럼 이런 조리개는 왜 필요한 걸까?

모든 사물은 그 자체로서 가지고 있는 색깔이나 형태에 따라 그 빛을 반사시키는 정도가 다르기 때문에 우리는 그것의 형태를 인식할 수 있다. 셔터와 마찬가지로 조리개는 적정노출을 위해 빛을 조절하는 기계적 장치다. 셔터가 빛이 통과하는 '시간'을 가지고 빛의 양을 조절한다면 조리개는 빛이 통과하는 '공간'을 가지고 빛의 양을 조절한다고 할 수 있다. 3차원 공간과 4차원적 시간의 만남으로 무한에 가까운 노출 조정이 가능하다.

조리개는 빛을 양적으로 조절하는 것이다, 즉 셔터를 열어두는 크기를 말한다. 이 대목에서 빛을 조절하는 기능은 조리개나 셔터 중 한가지로 설정하면 될 텐데 굳이 두 가지를 조합했을까? 하는 의문이 든다.

만약 카메라에 셔터타임은 고정되고 조리개만 있다고 가정해보자. 셔터타임을 느리게 고정하면 움직이는 물체는 흔들리게 찍히게 될 것이다. 반대로 빠르게 설정하면 어두운 곳에서는 사진을 찍을 수 없을 것이다. 그야말로 카메라가 제기능을 못하게 된다. 반대로 조리개를 고정하고 셔터타임만으로 빛의 양을 조절하면 어두운 곳에서는 셔터타임을 1초 이하로, 즉 수십 초를 줄 필요가 있어 삼각대가 없다면 움직이는 물체는 흔들려서 형체를 제대로 알아보지 못할 것이다.

조리개 값과 셔터속도의 상관관계

　조리개와 셔터는 둘 다 빛의 양을 조절하는 장치다. 조리개가 구경으로 빛의 양을 조절한다면, 셔터는 시간으로 빛의 양을 조절한다. 적정노출에 필요한 빛의 양은 정해져 있다. 따라서 조리개를 개방하면 셔터속도는 빨라져야 하고, 조리개를 조이면 셔터속도는 늦어져야 한다. 이렇게 조리갯값과 셔터속도는 밀접한 연관이 있다. 이 두 장치에 의한 노출값의 조합으로 다양한 표현이 가능하게 사진을 찍을 수 있다.

　조리갯값과 셔터속도를 다르게 조합해도 필요한 빛의 양은 같다. 하지만 이미지의 표현 형태는 달라진다. 조리갯값의 조절에 따라 초점이 맞는 범위인 피사계 심도가 달라지는 것이다. 이 선택으로 더 다양하고 의미를 확장하는 사진을 찍을 수 있다. 피사계 심도는 '초점과 심도' 편에서 자세히 다루려 한다.

③ 감도(ISO)

　조리개와 셔터타임이 직접적으로 빛의 양을 조절하는 도구라면 감도(ISO)는 빛에 반응하는 정도를 수치화한 것이다. 최근에 구입한 갤럭시 S22의 경우 50부터 3200까지 감도조절이 가능하다. 핸드폰 제조사들이 이 감도 경쟁에 열 올리는 이유는 아주 미세한 빛에서도 선명한 사진을 찍을 수 있기 때문이다.

ISO는 조리개와 셔터타임의 보조수단으로 등장하였다. 빛이 너무 강하거나 약해서 조리개와 셔터타임의 조합만으로 원하는 수치를 얻을 수 없을 때 ISO를 높이거나 낮추어서 조리개나 셔터타임의 값을 얻을 수 있다. 그러나 ISO가 3200을 넘을 경우 입자가 거칠어질 수 있다.

지난 1995년 가평에서 세계적인 특종으로 기록된 UFO를 찍고 나서는 틈만 나면 하늘을 바라보는 버릇이 생겼다. 언제 바라보아도 하늘은 넓고 매일 보아도 같은 모습을 하고 있는 적이 없는 것 같다. 일본의 한 사진작가는 자기 집에서 바라본 하늘을 기록하며 매일 그날의 사진일기를 쓰고 있다.

우리는 살아가면서 힘들고 어려운 일들을 많이 겪게 된다. 시련과 고난이라는 바람이 찾아와서 우리 삶의 잔가지들을 쉴 새 없이 흔들고 있다. 사람마다 정도의 차이가 있겠지만 날마다 힘들고 어려운 상황들이 끊임없이 우리에게 선택을 요구하고 그 결정에 일희일비하며 하루하루를 살아가고 있다. 어렵고 힘든 일이 닥칠 때 조금만 눈을 돌려 하늘을 바라보고 있노라면 괴롭고 힘든 마음들이 한 줌의 구름이 되어 두둥실 흘러갈 것이다.

2006년 초가을, 필자는 백두산 정상에서 홀로 밤하늘의 별을 담고 있었다. 고요한 천지, 그 위로 쏟아져 내리는 은하수, 온 세상의 별이란 별은 모두 이곳에 모인 듯 황홀하고 엄숙한 광경에 한동안 넋을 잃었다. 매서운 바람과 추위도 필자의 황

홀경을 깨지 못했다. 그때 이 세상에 태어나 가장 넓은 하늘을 본 것 같다.

그 당시 여러 가지 어려운 문제로 많은 시간 힘든 나날을 보내고 있었다. 그리고 그날 밤, 천지의 밤하늘에 펼쳐진 은하수를 하염없이 바라보다가 문득 우리가 살아가면서 겪는 일상의 고민과 어려움이 저 광활한 우주에 비하면 얼마나 미미하고 하찮은 것인가, 하는 생각이 들었다. 모처럼 가슴 깊은 곳으로부터 밝고 힘찬 에너지가 올라오는 것을 느낄 수 있었다.

그 후 얼마나 시간이 흘렀는지 모르겠지만 살을 에는 추위에 손발이 저려오고 바람이 더욱 거세져 몸을 가누기도 힘들어졌다. 그리고 갑자기 두려움이 밀려왔다. 서둘러 카메라 장비를 꾸리다 이곳을 떠나기 앞서 소원을 빌어야겠다는 생각이 들었다. 소원을 말하면 무엇이든 들어줄 것 같았다. 하지만 무념무상의 경지가 깊었던지 딱히 소원이 떠오르지 않았다. 다만 백두산에서 시작된 단풍을 따라 한라산까지 가보고 싶다는 생각이 머리를 스치며 지나갔다.

"백두산 천지신이시여, 여기서 시작된 단풍을 따라 한라산까지 내려가 보고 싶습니다."

얼떨결에 소원을 말해버렸다.

그 후 어떻게 되었을까? 백두산 출장을 마치고 서울로 돌아온 지 일주일도 안 돼 방송국에서 한 통의 전화가 걸려왔다. 백두대간을 따라 단풍기행 프로를 제작하는데 리포터를 맡아 달라는 전화였다. 마치 예정되었던 것처럼 올 것이 왔구나 하는 생각이 들면서 이 모든 것이 하늘의 뜻인 것 같았다. 백두산 기도발이 그렇게 강할 줄 몰랐다.

방송은 설악산을 출발해 매 주말 백두대간 단풍을 따라 한라산까지 가는 두 달간의 여정이었다. 백두산 천지에서 빌던 소원이 현실화된 것이다. 어렵게 회사의 허락을 받아 매 주말 백두대간 단풍기행이 시작됐다. 설악산을 출발해 속리산을 거쳐 덕유산을 돌아 단풍의 절정 내장산을 돌아본 후 마침내 지리산 종주를 나서게 되었다.

처음 해본 지리산 종주는 필자의 인생에 많은 의미를 던진 뜻깊은 산행이었다. 수차례 지리산에 올랐어도 난생처음 해보는 종주는 설렘과 긴장의 연속이었다. 걷다가 쉬고 또 걷다가 먹고 자고… 2박3일간의 종주를 위해서는 그저 걷는 수밖에 없었다. 그런데 서서히 필자가 변하기 시작했다. 단지 걷고 또 걸었을 뿐인데….

분명히 출발은 온전한 나로 시작되었지만, 한 발 두 발 내딛기를 수천 번, 수만 번 반복하면서 나 자신이 조금씩 없어지는 느낌을 받았다. 발 앞에 놓인 흙과 돌, 나무와 바람이 모두 나와는 상관없는 자연의 일부분이라고 생각되었지만 천왕봉에 가까이 오면서 나도 이곳의 돌과 바람과 나무와 다르지 않다고 느껴졌다. 내 몸도 지리산의 흙과 돌과 바람이 되어가는 느낌이었다.

꼬박 2박3일을 걸어 마침내 천왕봉에 정상에 섰을 때는 몸도 한 줌의 바람처럼 가볍게 느껴졌다. 고맙고 감격스런 마음이 깊은 곳에서 올라왔다. 아마 그런 느낌은 지리산 종주를 하지 않았다면 평생 느낄 수 없었을 것이다. 그리고 저 멀리 발아래 펼쳐진, 살아온 세상에 두고 온 것들이 그립고 미안하고 사랑스러워지기 시작했다. 모든 짐을 내려놓고 지난 사흘간 지나쳐온 수많은 능선을 바라보며 큰절을 올렸다. 그 순간 필자가 할 수 있는 지리산에 대한 최대의 예의표시였다.

(5) 같은 시간과 같은 빛은 두 번 다시 찾아오지 않는다

모든 시간 속에는 그 시간만이 보여줄 수 있는 아름다움이 있지만 나는 해질녘이 제일 좋다. 20여 년 전 지금 살고 있는 집으로 집보러 왔을 때도 해질녘이었다. 아내가 집 안 구석구석을 살피는 동안 나는 베란다에 서서 노을을 바라보며 말을 잊었다. 하루 중 이 시간이 제일 편하고 좋아서 그동안 아름다운 노을을 찍기 위해 전국을 무수히 다녔다. 그런데 집안에서 편안하게 노을을 감상할 수 있다니…. 더이상 집안을 살펴볼 이유가 없었다. 바로 계약하였다. 아이들이 둥지를 다 떠나가도 계속 아내와 이곳에서 노을을 감상하며 살고 있다.

집 베란다를 통해 보이는 풍경을 틈틈이 사진으로 담고 있다. 하루도 같은 모습이 없다. 풍경이든 사물이든 이 세상에 존재하는 모든 것들은 시간대에 따라, 빛의 밝기에 따라 새롭게 변모한다. 어쩌면 우리가 지금 보고 있는 그 빛은 다른 날에는 절대로 만날 수 없는 유일한 빛일지도 모른다.

해가 지고 어둠이 내리는 짧은 시간이 바로 낮과 밤이 교차되는 매직아워(magic hour)다. 이 시간에 사진을 찍으면 자연의 빛과 인공의 빛이 조화를 이루어 신비롭게 느껴진다. 하늘은 아직 남아 있는 자연의 빛으로 신비로운 블루이며, 지상은 인공의 빛으로 따뜻하고 부드럽다.

새벽

매직아워(magic hour)

(6) 카메라 모드

짧은 시간에 카메라 메커니즘을 정확하게 이해하기는 어렵다. 일단 카메라와 친해지는 것이 중요하다. 처음에는 P모드를 이용해 본다. 입력된 프로그램에 따라 카메라가 알아서 조리개와 셔터타임을 자동으로 설정해준다. 익숙해지면 A모드나 S모드를 사용해 본다. A모드는 사용자가 조리갯값을 선택하면 자동으로 셔터속도를 결정해주고 S모드는 셔터타임을 결정하면 카메라가 알아서 조리갯값을 찾아준다. 그러다 보면 자연스럽게 카메라 메커니즘을 이해하게 된다.

2) 프레임

최근 프레임이란 말이 언론에 자주 등장한다. 국내에서는 공직 후보자 청문회 관련 '프레임 씌우기'란 말이 서방에선 우크라전쟁과 관련 '프레임 재구성'이란 말이 많이 쓰이고 있다. 이 말들처럼 어떤 정해진 틀 속에 가두는 의미로 프레임이란 말이 쓰인다. 그렇다면 사진에 있어 프레임을 무엇일까?

세상에는 테두리가 없다. 사진은 잘라낸 세계이기에 모든 사진은 필연적으로 테두리를 갖는다. 이것이 사진의 프레임이다. 이 프레임에 의해 사진의 인상이 결정되는데 모든 사진에는 사진을 찍는 사람의 느낌이 그의 눈길을 따라 찍혀 있기 때문이다.

　남한강과 북한강이 만나는 양평 두물머리에 가면 사각형의 큰 틀이 놓여있다. 이곳의 명물 은행나무와 아름다운 강을 배경으로 마치 TV속에 나온 것처럼 사진을 찍으라고 마련해 놓았다. 실제로 많은 사람이 사각형 틀(프레임) 안에 들어가 사진을 찍는다.

　사람의 눈동자는 파인더보다 더 많은 부분을 바라볼 수 있다. 파인더에 보이는 세계는 눈으로 보는 세계보다 정보의 양이 훨씬 적다. 사람에겐 이상한 능력이 있어서 보이는 것이 줄어든 만큼 보이는 것에 집중할 수 있다. 그래서 이 프레임에서 찍힌 사진들을 보고 만족하는 것 같다.

　사진은 무한한 시공간의 한 자락을 자르는 행위이다. 주 피

사체를 중심으로 어디까지 넣을지 어디를 뺄지 결정한 다음 셔터를 누른다. 이를 프레임워크 또는 프레이밍이라 한다. 사진은 프레임으로 시작해 프레임으로 끝난다. 프레임은 세상을 보는 창문이요, 자아를 비춰주는 거울 같은 것이다. 사진가는 카메라 뷰파인더 안의 프레임을 통해 세상을 바라보고, 사물에서 의미를 발견하고, 그 순간의 감정을 사진으로 담아낸다. 이렇게 찍혀진 이미지는 또 하나의 프레임을 가지는 사진으로 자신의 감정, 마음, 느낌 등을 거울처럼 되비춰준다.

프레임은 카메라 뷰파인더가 가지는 '물리적 프레임'과 사진가가 마음의 눈으로 시공간을 한정 짓는 '심리적 프레임'이 있다. 세상을 향한 안목, 세상을 향한 마음 등이 심리적 프레임에 해당된다. 다시 말해 눈이 보는 세상의 틀이 파인더라고 한다면 마음이 보는 세상의 틀은 프레임이라 할 수 있다.

우리가 흔히 '아는 만큼 세상이 보인다'라고 말할 때, 이는 사진가의 감성과 인문학적 소양에 따라 달라지는 심리적 프레이밍 능력을 말한다. 사진의 프레임은 세상을 인식하는 것이고, 존재를 인식하는 것이고, 존재들과 자신과의 관계를 인식하는 것이다.

"마음을 움직이는 것을 찍어라."
현실에서 자신의 마음을 움직인 그 피사체를 담은 사진에 많은 사람이 공감하고 감동을 느낀다. 감동을 주는 사진은 프레임 안에서 자신의 마음을 움직인 피사체에 자신의 마음을 이입시켜 셔터를 누를 때 가능하다. 눈보다 마음이 먼저 움직였기에 자신의 사진이라는 생각이 들고, 자신의 마음이 오래 머물 수 있는 기본조건이 되는 것이다.

어머니가 식탁에서 무언가에 열심이시다.
다가가 보니 당신이 좋아하는 꽃그림에 정성스레 색칠하고 계신다.
어머니의 손길을 받은 꽃들이 공책 위에서 화사하게 피어난다.
밭일을 하시며 틈틈히 꽃가꾸기를 좋아하시던 어머니는
지난겨울 대퇴골을 크게 다쳐 걷기조차 힘에 부쳐 하셨다.
당신이 좋아하는 일을 할 수 없다는 현실에 한동안 힘드셨다.
몸과 마음을 추스르신 어머니가
이제는 직접 심고 가꾸는 대신 그림으로 꽃을 키우신다.
색감이 곱고 아름답다.
그림을 배워 본 적이 없지만 76세에 화가가 된
미국의 모지스 할머니 얘기를 들려드리며 어머니도 화가가 될 수 있다고 했다.
"아이고, 이 나이에 뭘 하겠니."
수줍게 웃으시지만 싫지는 않으신 것 같다.
어머니는 오늘도 호미 대신 색연필로 꽃을 가꾸고 계신다.

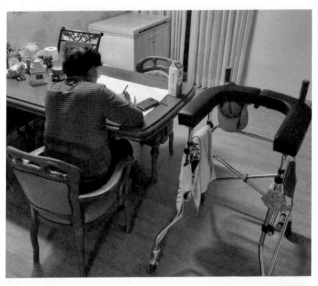

데이브 두쉬민(David duChemin)은 그의 저서 『프레임 안에서』에서 "마음을 움직여 웃음을 터뜨리게 하거나 눈물을 흘리게 하거나, 비행기를 탁 날아가서라도 직접 보게끔 만드는 사진은 눈이 아니라 마음으로 찍은 것"이라고 마음으로 찍는 사진을 강조했다.

여러 번 봐도 질리지 않고, 그 사진 앞에서 마음의 발걸음이 오래오래 머무른다는 것은 그 사진에 자신의 마음을 오래 잡아끄는 뭔가가 있기 때문이다. 현장에서 자신의 마음을 움직이는 대상을 만나 교감하고 집중해서 찍은 사진은 자신의 마음에도 들고, 다른 사람들도 감동하는 사진이 된다. 즉 열정을 가지고 진심을 담으려고 노력했을 때 많은 사람이 좋아하는 사진이 나온다.

사진가 이갑철은 "어느 순간 사진가에게 말을 거는 모든 피사체가 가슴 시리고 서럽게 다가온다"며 그 어느 순간 내게로 다가온 대상에 내 마음을 담아 찍은 사진이 자신의 마음이 가장 잘 드러난 '자기 사진'이라고 강조했다.

많은 사진 중에 유독 마음이 가는 사진이 있다. 대개 그런 사진은 그때 자신의 마음을 담은 사진이다. 슬픈 일이든 기쁜 일이든 아니면 격한 마음이나 아픈 자신의 마음을 담은 사진, 이런 사진은 오랫동안 질리지 않고 마음을 끈다.

(1) 사진의 우연성

사진은 현실의 일부를 프레임으로 잘라내는 것이다. 그래서 사진은 정적인 작업이 아니라 쉼 없이 움직이는 동적인 행위다. 어느 피사체를 앞에 두고 사진을 찍는 동안 우연히 프레임 안으로 들어온 피사체가 사진의 내용을 지배하기도 한다. 그래서 사진은 설렘과 호기심을 유발하기에 늘 즐겁다.

이 사진은 꽤나 유명세를 탔다. 이 사진 덕분에 UFO전문가 소리도 들었다. 추석을 앞두고 경기도 가평 한 농가에서 노부부의 깨 터는 모습을 사진 스케치하던 중 우연히 파란 하늘에 UFO가 선명하게 찍혔다. 당시 상황 속으로 들어가 보자.

이야기 12/**UFO와 만남**

"이렇게 요상스럽게 생긴 비행기는 내 평생 처음 봐요. 어째 비행기에 날개가 없데요?"

자신과 함께 찍힌 미확인 비행 물체 UFO 사진을 보고 사진 속의 강혜옥 할머니가 고개를 갸우뚱거리며 했던 말이다.

이 사진을 찍던 날(1995년 9월 4일) 나는 '가을과 추석을 조화시킨 스케치물을 준비하라'는 취재 지시를 받고 나선 길이었다. 좀처럼 만족할 만한 상황을 찾지 못해 초조한 마음으로 들어선 곳이 경기도 가평군 설악면 설곡리.

마을에 들어섰을 때 처음 눈에 띈 것은 외발 수레에 쌀을 싣고 가는 한 노인이었다. 무척 힘에 부쳐 보여 방앗간에서 300미터가량 떨어진 노인의 집까지 밀어다 주었다. 그 집은 고풍스러운 전통 한옥 기와집이었는데 여든한 살의 동갑내기 할머니가 마당 가득히 널어놓은 참깨를 막 털려던 참이었다.

'쪽빛 가을 하늘 아래 추석에 찾아올 자식들을 그리며 참깨를 터는 동갑내기 노부부.'

정답을 찾은 듯한 마음에 취재를 요청했더니 노부부는 시원한 냉수까지 권하며 흔쾌히 사진취재에 응해주었다.

서터속도 250분의 1, 조리개 11.

좀 더 자연스러운 표정을 포착하기 위해 서터를 몇 번 누르는 순간, 오른쪽 지붕 위로 무언가 강한 빛이 번쩍이며 스쳐 가는 것이 느껴졌다.

일순간 기자의 육감으로 서터를 한 번 더 누른 후 하늘을 보았을 때는 이미 그 강한 빛은 사라지고 없었다. 아무 일 없었다는 듯 파란 하늘에는 구름만이 유유히 떠다니고 있었고, 노인들은 두런두런 얘기를 주고받으며 깨를 털고 있을 뿐이었다.

오후 5시 신문사에 도착한 후 곧바로 필름을 현상해서 데

스크에게 넘기고 설곡리의 일은 까맣게 잊어버리고 있었다. 그런데 우연의 일치였을까? 데스크는 스물아홉 컷이나 되는 필름 중 문제의 UFO가 담긴 열두 번째 컷을 인화하게 했다.

인화된 사진에서는 이상한 잡티 같은 것이 보였다. 곧바로 필름을 닦고 다시 인화를 해도 결과는 마찬가지, 촉박한 마감 시간 때문에 순간 짜증이 밀려왔다. 혹시 현상과정에서 필름에 이상이 생긴 건 아닐까 하고 점검해 보았지만, 필름과 인화지에선 아무런 문제점이 발견되지 않았다.

그 순간 불현듯 스쳐 지나가는 생각이 '그렇다면 낮에 번쩍하던 것이?'였다. 문제의 부분을 크게 확대해보았더니 굉장히 빠른 속도로 날아가는 이상한 비행 물체 같았다.

그 후 한국우주과학연구소 조경철 박사님을 비롯한 한국 UFO연구협회 등을 찾아다니며 전문가의 의견을 들어보았다. 그리고 마침내 한국UFO연구협회 맹성렬 박사로부터 다음과 같은 최종 결론을 들었다.

"렌즈 플레어, 현상 과정에서 문제가 생겼을 가능성을 모두 검토해보았습니다. 그런데 아무런 문제가 없었지요. 특히 이번 사진은 비행기가 찍히기 전후 사진과 배경, 인물 등 각종 자료가 담겨진 데다 워낙 상태가 좋아 세계에서도 전례가 없는 사진입니다."

다음날 이 사진은 1면과 사회면에 실렸고, 추석을 이틀 앞두고 장안은 UFO이야기로 술렁였다. 국내 신문과 방송뿐만 아니라 AFP, 교도통신 등 세계 유명 통신사들이 앞다퉈 UFO 사진을 전 세계로 전송했다.

그 후로 가끔 하늘을 본다. 우연히 UFO를 맞닥뜨렸듯 어느 날 갑자기 외계인들이 살짝 모습을 드러낼지도 모른다는 생각에….

그해 11월 놀라운 팩스 한 장이 날라왔다. 가평 UFO사진을 KBS측과 함께 프랑스 국립항공우주국(CNES) UFO조사기구에 의뢰한 결과 구체적인 분석 결과가 온 것이다. UFO조사기구 책임자 프랑스와 루앙주 박사는 "UFO의 속도는 초속 1백 8km로 추정되며 비행체 크기는 4백50m, 고도는 3천5백m로 나왔다"고 밝혔다.

이 같은 수치는 촬영시 각도, 카메라조리개, 속도 등을 분석해 산출한 것이다. 또한 영국 국방부 UFO조사데스크, 영국 UFO연구협회(BUFO-RA), 특수영상연구기관인 Network Security Management 사진 효과 전문회사인 테이프스트리, 영국 코닥필름 본사 등에서도 가평 UFO 사진이 조작되지 않았으며 자연현상이나 지구상의 물체를 촬영한 것이 아님을 확인했다. 루앙주 박사의 분석대로라면 63빌딩 두 배 만한 비행체가 1초만에 서울에서 청주 거리를 날아갔다는 얘기다.

(2) 사진의 관계성

사람들은 프레임에 의해 만들어진 사진을 보고 있지만, 프레임 밖으로 잘려나간 더 많은 것들을 상상하고 자기 방식으로 이해하려 한다.

'주는 손, 받는 손, 그리고 온기.'

사람들은 사진에서 더 많은 것을 상상하고 연상한다.

가뜩이나 추운 날씨로

몸도 마음도 잔뜩 웅크린 사람들.

그들과 함께 나누는 따뜻한 밥 한 그릇은

세상을 살아가는 힘이 됩니다.

(3) 프레임 속 프레임

카메라 뷰파인더는 그 자체로 하나의 프레임이다. 카메라가 가지는 프레임 안에 프레임을 하나 더 만들어 주는 것을 '프레임 속의 프레임'이라 한다. 이렇게 프레임 속에 프레임을 하나 더 만들어 구성하면 주요 피사체로 시선을 집중시킬 수 있다. 원근감을 강화시켜 평면에 불과한 사진에 입체감을 부여하고, 시선을 강력하게 화면으로 끌어들이는 효과가 나온다.

"채널 고정입니다."

브라운관을 뜯어낸 TV상자.

그 속에 들어앉아 있던 바보를 쫓아내고

똘똘한 순이가 제 집으로 삼았다.

— 충남 홍성군 구절리 고요마을에서

3) 눈높이(앵글)

카메라 앵글이란 촬영하는 위치나 카메라의 방향을 말한다.

(1) 로우앵글 - 피사체보다도 낮은 위치에서 촬영하는 것

아버지가 그리워 무덤가에 한참을 앉아 있다가 그 자리에
누워 하늘을 올려다보았다. 새로운 세상이 펼쳐졌다.

어느 해부턴가

아버지 무덤가에 하나둘 피어나던 구절초가

올해는 무리 지어 피었습니다.

"참 좋다."

밭에서 일하다 고단한 허리를 펴시고는

파란 가을 하늘을 보며 좋아하시던 아버지를 닮았습니다.

키가 크신 아버지처럼

아홉 마디 훌쩍 자란 구절초가

하늘을 우러르며 활짝 웃고 있습니다.

구절초 옆에 서서 하늘을 올려다봅니다.

눈이 시리도록 파란 하늘 아래

은은한 구절초 향기가

아버지 넋이 되어 헛헛한 내 마음을 다독여줍니다.

(2) 수평앵글(아이레벨) - 촬영자 눈높이에서 촬영하는 것

집 근처를 산책하다 콘크리트 틈새로 나온 노란 민들레를 발견했다. 자세를 최대한 낮추고 민들레 높이에서 바라보았다.

세상이 어수선합니다.

서로 자기주장을 고집하면서 목소리를 높입니다.

아무도 알아주지 않아도

자기 빛깔과 향기로 피어올라

주위를 환하게 만드는,

그런 민들레 같은 그런 사람이

많은 세상이라면 참 좋겠습니다.

(3) 하이앵글 - 피사체보다 높은 위치에서 촬영하는 것

신안군 앞바다의 조그만 섬마을,

이곳에서는 강아지도 어엿한 학생입니다.

모두 세 명이 공부하는 작은 교실에서

수업도 같이하고 놀이도 같이합니다.

팔랑거리는 나비도 지나가다 들리는 바람도 파도 소리도

교실에 들어오면 모두 학생입니다.

"우리 똘이도 찍어주세요!"

강아지를 들고 활짝 웃는 두 아이와 부끄러워 뒤에 숨은 한 아이,

그리고 파도 소리와 푸른 바람도 함께 섬마을 작은 분교의 단체사진

을 찍습니다. "찰칵."

(4) 촬영자의 눈높이

촬영자의 눈높이는 사진이라는 결과에 큰 영향을 미친다.
카메라로 대상을 촬영하기 전에 자신이 그 대상을 어떻게 느
끼고 있는지, 내가 원하는 대상의 높이가 어디쯤인지를 생각
하면서 파인더를 들여다봐야 한다.

둘째아이 고3시절, 입시
스트레스를 줄여주기 위해
함께 산책하면서 사진을 가
르쳤다. 사람의 눈높이에서
보면 작은 노란 꽃에 불과
하지만 그 꽃 높이에서 바
라보았을 때 위풍당당하게

세상을 향해 자라고 있는 모습을 볼 수 있었다. 둘째도 사진
을 찍으면서 냉이꽃의 당당함에 감동을 받았다고 한다.

사물을 느끼는 감각은 사람마다 천차만별이다. 다양한 눈
높이에서 피사체를 촬영하면서 자신만의 '앵글'을 찾아내면
그것이 바로 자신의 '마음의 높이'라 할 수 있을 것이다. 나의
'감각'과 카메라의 '높이'와 피사체가 일치하는 순간이 있다.
그때를 찾아야 한다. 나만의 앵글을 발견했다면 그동안 보지
못한 새로운 풍경이 펼쳐질 것이다. 그것이 바로 진정한 사진
의 기쁨일 것이다.

너무 흔해 눈여겨보지 않지만
봄이면 어김없이 집 앞 도로에
노랗게 피어나는 꽃.

시멘트와 아스팔트로 뒤덮여 있어도
한 줌 흙이 있는 곳이면
꿋꿋하게 피어나는 꽃.

아무리 억눌리고 짓밟혀도
봄이 오면 다시 피어나는
민초를 닮은 꽃

꽃다지입니다.

우리는 자연을 갈아엎고, 작은 생명을 등 뒤로 한 채 도시를 만들었다. 그렇지만 작고 보잘것없는 생명은 우리를 버리지 않고 봄이면 늘 우리 곁으로 찾아온다. 작은 생명이 살 수 없는 땅은 우리도 살 수 없다. 꽃다지의 꽃말은 무관심. 들길 곳곳에 피어 누구의 관심을 받지 못해도 늘 우리 곁에 찾아와 봄을 열어준다. 그 꽃다지를 그들의 눈높이에서 찍어 봤다. 그 당당한 모습에서 희망을 찾을 수 있었다.

4) 초점과 심도

사진의 큰 매력 중의 하나가 초점과 심도를 자신이 의도한 대로 조절할 수 있다는 점이다.

(1) 초점

초점은 관심이나 주의가 집중되는 중심 부분을 의미한다. 우리는 어느 곳을 바라볼 때 본능적으로 정확하게 초점이 맞은 부분에 먼저 시선이 간다. 이런 사람의 시각 심리를 이용하여 초점 맞추기를 통해 사람들의 시선을 의도적으로 조절할 수 있고 주제를 강조할 수 있다.

사진을 처음 시작할 때 초점 맞추기는 가장 기본적인 훈련이었다. 찍고자 하는 대상에서 가장 중요한 부분에 먼저 초점을 맞춰 그 부분이 선명하도록 해야 했다. 특히 사람을 촬영

할 때는 중요한 부분은 그 사람의 눈일 것이다. 지금은 카메라의 성능이 향상되고 특히 자동초점 조절기능이 발달로 초점을 맞추는 데 큰 어려움은 없다.

"인간의 삶이 그렇듯이 사진도 늘 순간의 동요 속에 있다. 흔들리는 감정처럼 사진도 감정에 흔들릴 수 있다. 감정의 문제에서 물리적인 초점은 큰 도움이 되지 않는다. 물리적인 초점에서 자유로워져야 하기 때문이다."

― 진동선, 『좋은 사진』 중에서

사진을 찍을 당시 자신의 마음이 떨리거나 흔들렸다면 초점이 맞지 않아도, 흔들려도 좋은 사진이 될 수 있다는 말이다.

아름다운 봄밤에 술을 한잔하고 벚꽃길을 산책했다. 눈부시도록 아름다운 이 날을 사진으로 남기고 싶었다. 하늘을 바라보며 벚꽃을 찍다가 사진이 흔들렸다. 스마트폰을 들고 함께 돌아봤다. 그날의 분위기가 고스란히 사진에 담겼다.

서울숲에서 자전거를 타는 사람들을 보았다. 신나게 달리는 모습을 기록하고 싶었다. 카메라를 그들의 달리는 속도에 맞춰 함께 움직였다. 일명 패닝기법으로 자전거를 즐기는 사람들의 기분까지도 사진에 담긴 것 같다.

(2) 심도

사진을 배우면서 많이 듣는 소리가 일본어를 그대로 옮긴 피사계심도라는 말이다. 처음 사진을 접하면서 발음도 어색하고 어렵게만 느껴졌다. 피사계심도를 우리말로 바꾸면 '초점이 맞는 범위'이고 줄여서 초점 범위라고 해도 된다.

심도가 깊다는 의미는 초점이 맞은 범위(두께)가 넓다는 말이고 심도가 얕다는 말은 초점이 맞는 범위(두께)가 좁다는 말이다. 즉 조리개를 열면 심도가 깊어지고 조리개를 조이면 심도가 좁아진다.

깊은 심도. 풍부한 정보를 제공하고 이미지 속 사물들 간의 관계성이 강화

얕은 심도. 사물에 집중감을 높여주나 피사체가 객관화

이른 아침 공원길에서 만난 제비꽃입니다.

스쳐 지나갈 때에는
그저 작은 보라색 몸짓에 불과했지만
몸을 숙이고 다가가 그들의 눈높이에서 보니
저를 보고 방긋 웃고 있습니다.

이 청초하고 앙증맞은 친구들로
오랫동안 잊고 지낸 동요 하나 머릿속을 맴돕니다.

"보라빛 고운 빛 우리 집 문패꽃
꽃 중에 작은 꽃 앉은뱅이랍니다."

왜 심도 조절이 필요할까?

조리개를 조일수록 프레임 속 많은 대상이 선명하게 나타나지만, 조리개를 개방할수록 초점이 맞는 이미지가 한정되어 그 부분에 더 큰 의미를 부여하고 자신의 의도를 드러낼 수 있다.

즉 사진을 찍는 사람이 선택한 조리갯값에 따라 이미지는 살고 죽는다. 조리갯값 조절로 특정한 피사체를 두드러지게 했다면 거기에 관심과 애정이 있는 것이다. 반대로 아웃포커싱되었다면 그 피사체에 대한 사진가의 무관심을 드러낸 것이다. 조리개의 수치 조절을 통해 어디까지 살리고 어디까지를 버릴지 선택할 수 있다. 이 선택으로 인해 의미가 확장되고 깊이 있는 사진이 만들어진다.

이러한 사실을 잘 이해하고 현장에서 순발력 있게 적용하면 사진의 의미가 확장되고 자신의 생각을 언제든 사진으로 표현할 수 있게 된다. 이렇게 작가의 의도가 잘 표현된 사진은 보는 사람들에게 사진을 통해 자신의 마음을 전할 수 있고, 마음의 울림까지도 줄 수 있다.

조리개는 왜 필요한 걸까?

모든 사물은 그 자체로서 가지고 있는 색깔이나 형태에 따라 그 빛을 반사시키는 정도가 다르기 때문에 우리는 그것의 형태를 인식할 수 있다. 셔터와 마찬가지로 조리개는 적정노출을 위해 빛을 조절하는 기계적 장치다. 셔터가 빛이 통과하는 '시간'을 가지고 빛의 양을 조절한다면 조리개는 빛이 통과하는 '공간'을 가지고 빛의 양을 조절한다고 할 수 있다. 3차원 공간과 4차원적 시간의 만남으로 무한에 가까운 노출 조정이 가능하다.

인간의 눈처럼 렌즈도 어느 한 곳에 초점을 맞추면 앞뒤로 상이 흐릿하게 된다. 우리가 살아가는 세상이 3차원인데 이것을 2차원 평면에 다시 빛으로 담는 과정에서 이런 문제가 생기게 된다. 그러나 너무 걱정할 것 없다. 그저 카메라를 들고 여러 번 찍다 보면 마음을 움직이는 사진이 나온다. 그것이 가장 좋은 사진이고 그 사진에는 촬영자의 의도가 훌륭하게 표현되고 있다. 그리고 차츰 촬영자의 의도가 어떤 기계적 메커니즘에 의해 표현되는가를 알게 된다. 처음부터 기계적 메커니즘에 몰입하게 되면 창작에 방해가 될 수 있다.

진동선은 『좋은 사진』에서 "좋은 사진은 카메라의 심도 조절로 좌우되는 것이 아니라 마음의 심도로 좌우된다"라고 했다. 마음의 시선으로 사물을 바라보고, 마음으로 심도를 조절해야 좋은 사진이 된다는 말이다.

이른 봄에 피는 야생화를 찾아 천마산에 오르는 길이었다. 겨우내 언 땅을 비집고 올라오는 야생화들이 활짝 반겨줄 건만 같았던 산자락에는 마른 낙엽들만 뒹굴었다. 산은 그 속내를 쉽게 드러내지 않았다. 화사한 봄빛 대신 회갈색의 암울한 기운이 감돌았다. 회색 도화지에 노란 물감을 흩뿌린 듯 생강나무 꽃이 군데군데 피어 있을 뿐이었다. 하지만 가까이 다가가니 나뭇가지에는 좁쌀만 한 잎새들이 촘촘히 돋아나고, 발아래에는 푸릇푸릇한 싹들이 땅 위로 솟아났다. 솔잎도 더욱 새파랬다. 산은 서서히 겨울잠에서 깨어나고 있었다. 봄의 숨결을 가슴 속 깊이 들이마시며, 땅속에서 그리고 나무줄기 속에서부터 봄기운을 차곡차곡 채워가고 있었다.

산속에서 보물이라도 찾는 심정으로 몸을 좀 더 낮추고 들여다보았다. 그때, 쌓인 낙엽 사이로 한 떨기 너도바람꽃이 눈에 들어왔다. 도감에서 본 것과는 달리 생각보다 훨씬 작은 것에 놀랐다. 손가락만한 키에 고개까지 숙이고 있어서 얼굴을 땅에 바짝 대지 않으면 꽃 모양을 제대로 볼 수 없을 정도였다. 가녀린 줄기 위에 순결한 하얀 꽃을 달고 있는 너도바람꽃의 청초한 모습에 그만 마음이 애잔해졌다.

있는지조차 보이지 않을 정도로 작은 너도바람꽃에 유독

마음이 머무는 까닭은 무엇일까. 도시에서는 화려한 벚꽃이며 목련이 꽃망울을 터뜨리며 지나가는 이의 눈길을 붙잡는데, 천마산 양지바른 산자락에 사는 봄꽃들은 남의 눈에 띄지 않는 곳에 숨어서 피어난다. 담벼락이나 개천가에 병풍처럼 둘러처진 개나리꽃들이 저 멀리서도 제 아름다움을 봐 달라고 소리를 지르는 것만 같은데, 이곳의 꽃들은 가장 몸을 낮추고 가장 땅에 가까이 다가갔을 때야 비로소 순결한 그 모습을 드러낸다.

환한 햇살에 눈부신 신록과 크고 화려한 꽃들로 가득한 도시의 봄은 무르익으며 사람들의 눈과 귀를 사로잡는다. 이와는 달리, 아직 겨울의 그림자가 가시지 않은 산속에서 이곳의 풀꽃들은 누구보다 먼저 부지런히 꽃을 피운다. 하도 작아서 저보다 큰 풀이나 나무가 무성해지면 햇볕을 받을 수 없기 때문이다. 눈 속에서도 애달픈 줄기를 내밀고 찬바람에 맞서며 꽃봉오리를 부풀렸을 너도바람꽃은 보이지 않는 곳에서 그렇게 자신만의 향기와 빛깔로 피어나고 있었다.

만일 내가 꽃이라면 어떤 꽃일까. 다른 크고 화려한 꽃을 부러워하면서 꽃도 피우지 못한 채 시들어 가고 있는 건 아닐까. 내 안에 무슨 꽃이 들어있는지 알려고도 하지 않고 내 꽃을 피우려 노력도 하지 않은 채 다른 찬란한 꽃과 비교하면서 절망하고 좌절하지는 않았던가. '미나리아재비과 너도바람꽃, 꽃은 3~4월에 피며 꽃잎처럼 보이는 것은 꽃받침으로 꽃잎은 작아서 수술처럼 보인다. 높은 산에서 자라므로 꽃이 조금 늦게 핀다'라는 도감의 내용보다도, 산속에서 만난 너도바람꽃은 누가 보아주지 않아도 누가 인정해주지 않아도 다만 자기 자신으로 피어나서 최선을 다해 머물다 가는 삶을 내게 보여주었다.

그런데 그런 삶이 하나, 둘이 아니었다. 마음을 열고 주위를 둘러보자, 처음에는 잘 눈에 띄지 않던 너도바람꽃들이 여기저기 피어 꽃밭을 이루고 있었다. 낙엽 더미에서는 잎 모양이 노루의 귀를 닮았다는 노루귀도 두 개 또는 세 개씩 짝지어 흰색 보라색의 앙증맞은 꽃들을 피워올렸다. 땅 위로 수도 없이 올라온 복수초 꽃망울들도 따스한 햇살에 노란 꽃잎을 벙그렸다. 꽃이 진 다음에는 돌돌 말린 잎이 솟아올라 부채처럼 퍼지는 앉은부채, 수줍은 산골 처녀 같은 얼레지, 이름도 모양도 독특한 처녀치마, 연보랏빛 현호색 군락 등…. 이른 봄, 텅 빈 줄 알았던 산에는 마른 낙엽 사이나 돌 틈 또는 나무 밑동에서 작은 풀꽃들이 군락을 이루며 온 산자락에서 들불처럼 일어나고 있었다.

어디 발 둘 데가 없을 정도로 이곳저곳에서 올라오는 천마산의 봄꽃처럼, 이 세상 어딘가에도 욕심을 버리고 자기 빛깔로 살아가는 눈 맑은 사람들이 살고 있지 않을까. 자기를 과시하지도 않고 남과 비교하지 않으면서 오순도순 모여 사는 마음 따뜻한 사람들이 살고 있지 않을까. 어수선한 세상이다. 목청을 돋우면서 서로 잘났다고 주장하고 다른 사람은 깎아 내리려는 세상이다. 지위나 재산이나 학력을 과시하는 세상에서 얼마나 많은 사람이 움츠러들고 기죽어 살아가는가. 하지만 우리가 미처 모를 뿐, 순결한 영혼을 가진 바람꽃을 닮은 민초들이 이 땅의 곳곳에서 지천으로 피어나고 있는 것은 아닌지….

겨울의 그림자가 가시지 않은
깊은 산 속 너도바람꽃

누가 보아주지 않아도
누가 인정해주지 않아도
다만 자기 자신으로 피어나서
최선을 다해 머물다 가는 아름다운 삶

이제야 알았네
순결한 영혼의 바람꽃을 닮은 민초들이
이 땅의 곳곳에서 말없이 피고 지는
위대한 봄이라는 것을….

봄에 산에 피는 꽃들은 바쁘다. 얼었던 땅이 녹기가 무섭게 연하디연한 꽃자루를 내보내 꽃을 피운다. 모든 식물의 집념은 단 하나 햇볕. 산에서 피는 꽃들은 나뭇잎이 나오기 전 부지런히 꽃을 피우고 부지런히 열매를 맺는다. 그래서 겨울의 그림자가 짙게 드리운 산에서 보드랍고 연한 솜털을 한 이 친구들을 만나면 반가움이 더한다.

노루귀

처녀치마

얼레지

복수초

이른 봄 산속에서 피어나는 우리 꽃

5) 원근감

'금붕어들 눈에 보이는 세상은 어떤 모습일까?

어릴 적 금붕어를 키우며 양옆으로 툭 튀어나온 눈을 보며 늘 궁금했다. 사진을 접하면서 다양한 렌즈를 보게 되었고 그중 물고기 눈과 같은 어안렌즈가 있는 것을 알았다.

봄날 서울숲으로 소풍 나온 병아리들과 엄마들의 밝은 모습을 어안렌즈로 한 앵글에 담았다. 물고기들이 보는 세상의 모습이 이럴 것이다.

렌즈를 볼 때마다 인간의 눈이 얼마나 위대한지를 새삼 깨

닫는다. 언제 어디서든 인간의 눈은 모든 거리의 사물에 초점을 자유자재로 맞추기 때문이다. 가까이에 있는 물체든 멀리 보이는 풍경이든 언제든지 내 시선이 가는 곳을 볼 수 있다.

우리 눈으로 보았을 때의 인상과 가장 비슷하게 표현해주는 렌즈는 50밀리(mm)다. 신문사에 들어와 수습들에게 주어지는 렌즈가 50밀리다. 접근하고 싶다면 다가가고 멀어지고 싶다면 물러나며 피사체와의 거리를 온몸으로 느껴보게 하기 위함이다.

원근감은 사진의 프레임 안에서 피사체들 사이에 발생하는 간격에 대해 보는 사람들이 느끼는 감각이다. 미술 역사 이래 수많은 화가가 3차원의 현실공간을 종이나 캔버스 등 2차원의 평면 위에 그려 그들의 작품 속에 공간과 깊이를 표현하려고 노력했다. 그 해결책이 바로 원근감이다. 사진도 조형성(삼차원을 나타내는 성질)을 결정짓고 사물 간의 관계를 만들어 내는 데 있어 원근감이 중요한 역할을 했다. 사진에서 원근감은 다양한 렌즈를 통하여 표현할 수 있다.

사진을 촬영할 때 고민은 우리가 눈으로 직접 본 것이 아니라 렌즈의 화각으로 본 것이 찍힌다는 점이다. 그 때문에 다양한 렌즈가 개발되었고 사진은 결국 화각이 좌우하는 것이기에 사진작가들 카메라 가방에는 다양한 렌즈가 들어있는 것이다.

어안렌즈는(8mm, 16mm)와 광각렌즈(16mm~35mm)는 우리가 보는 것보다 더 넓은 시각으로 표현해준다. 망원렌즈는 멀리 있는 피사체를 눈앞까지 당겨주는데 다양한 종류의 망원렌즈가 있다. 렌즈는 초점거리에 따라 화각과 특성이 달라진다. 이를 이해하고 상황에 맞는 적절한 렌즈를 사용하면 좋은 사진에 한 걸음 다가설 수 있다.

20mm

200mm

광각렌즈는 수많은 렌즈 중에서도 그때의 분위기, 그때의 인상을 과장해서 나타내는 데 강점이 있다. 원경과 근경에 있는 사물들의 크기가 상대적으로 과장되어 보여 원근감이 강조되며 주 피사체에 대한 주관적인 느낌이 강해진다.

멀리 떨어진 사물을 가까이서 보고 싶다는 소망은 예부터 인간의 욕구를 자극했다. 그래서 개발된 것이 망원경이고 그 같은 소망이 사진에서도 적용되었다. 망원렌즈를 사용하면 원근감이 축소되고 주 피사체 외의 많은 것들은 화면 밖으로 사라진다. 그래서 피사체에 대한 주목성이 높아지나 주변 사물과의 관계성이 사라지고 객관화된다. 먼 곳에서 좁은 범위를 보기에 '잘라내고 본다'는 느낌이 강하기 때문에 망원렌즈는 나의 눈길을 사진에 옮기는 것이라 할 수 있다.

사진에 찍힌 것은 육안으로 본 모습이 아니다. 렌즈의 크기에 맞게 '잘라진' 광경이다. 망원렌즈 화각에서의 연습은 사물을 보는 연습도 된다. 반복해서 촬영하다 보면 사진 속에서 내가 보고 있는 시점이 발견된다.

24mm

100mm

200mm

더 높은
비행을 꿈꾸며
빨랫줄에 걸러앉아
날개 말리는 잠자리.

슬그머니
내 젖은 마음도
빨랫줄에 널어 본다.

일상에서 사진을 통해 마음 찾기

우리의 눈은 날마다 놀라운 사물들을 관찰한다.

하지만 매일 일어나는 기적을 알아차리기 위해서는

주의 깊게 인지하는 연습이 반드시 필요하다.

당신이 체험할 수 있는 최고의 것은

당신을 둘러싼 사물들 안에 있다.

장미의 기적, 산의 기적

우리 앞을 지나가는 딱정벌레의 기적

인간의 모습을 하고 있는 기적들,

집 앞 초원에, 책상 위에 꽃에

당신이 듣는 음악의 선율에

당신이 향유하는 고요함에

아름다움은 이미 존재한다.

당신은 이것을 알아차리기만 하면 된다.

마음의 눈으로 볼 수 있다면

꽃에서 창조자의 아름다움을 만나고

나무에서 당신의 그리움을 만나리라,

깊은 곳에 뿌리박은 내면의 그리움을.

당신의 모습을 닮은 나무가 성장하고 언젠가는 꽃을 피워

누군가가 당신의 그늘에서 보호받고 그 곁에서 위로를 찾을 수 있으면 좋겠다는 그런 아련하고도 예쁜 그리움을.

마주치는 사람들의 얼굴이나 돌과 풀이 당신에게 하는 말을 알아들을 수 있는 것도 역시 마음뿐이다.

"너는 사랑스러워,

네 눈에 보이는 모든 것들로, 그 사랑으로 둘러싸여 있단다."

— 안젤름 그륀, 『하루를 살아도 행복하게』 중에서

유럽인이 가장 존경하는 멘토 1위인 안젤름 그륀 신부는 "행복은 우리의 평범한 일상 속을 통과해 간다"면서 지금을 살면 매 순간 당신 것이라 강조했다. 매일 일어나는 놀라운 기적은 우리 생활 안에 있으며 가까이에 있는 행복을 알아차리기 위해서는 행복 안테나를 세우는데 그것은 잠시 하던 일을 멈추고, 호흡을 가다듬고 주변을 주의 깊게 관찰하고 알아차리면 된다는 것이다.

1) 사진산책

따사로운 햇살 아래 양팔을 흔들거리며 가볍게 걸어가다 보면 몸도 마음도 가벼워진다. 빛의 온도가 피부에 느껴지고 바람이 얼굴을 가볍게 두드리면 밝은 에너지가 내 몸을 감싸는 것을 느낄 수 있다. 바람 부는 대로 발길 닿는 대로 걷다 보면 어느덧 낯선 감정에 문득 발길을 멈추고 주변을 둘러보게 된다. 계절에 따른 변화 등 무언가 새롭게 발견할 때마다 우리 마음속에서 호기심과 함께 새로운 감정이 일어난다.

늘 같은 길을 가더라도 산책에서 큰 즐거움 중의 하나는 가끔씩 새로운 무언가를 발견하는 것이다. 날씨의 변화일 수도 있고 처음 보는 사물이나 동물일 수도 있다. 새로운 무언가는 내 안의 감정을 꿈틀거리게 하고 카메라(휴대폰도 좋다)를 꺼내 들게 한다. 카메라를 들고 천천히 걷는 순간 외부세계에 주목하게 되고 그 감정은 더이상 내 안에만 머물지 않게 된다. 비록 사진을 한 장도 찍지 않더라도, 카메라를 손에 드는 것만으로도 세상은 달리 보인다.

호기심에서 시작된 감정이 사진을 찍고 싶은 마음이 들게 하고 사진 찍을 무엇을 찾게 한다. 사진 찍을 대상을 찾았으면 그 앞에 멈춰 서서 그것을 자세히 들여다보게 된다. 이전에는 그냥 지나쳤던 대상도 새롭게 다가서게 되고 사사로운 것에서 특별한 느낌을 얻을 수 있다. 눈을 크게 뜨고 주변을 하나씩 탐험해보면 모르고 지나쳤던 작은 변화들이 새삼 반갑게 인사를 건네는 체험을 할 수 있다.

내 몸의 일부가 된 스마트폰도 좋다. 카메라를 들고 천천히 걷는 사진산책은 계절의 변화가 보여주는 자연의 색깔에 눈을 뜨게 하고 발걸음이 닿아 대면하는 모든 것은 자신과 더불어 살아가며 서로 연결된 하나의 존재라는 것을 느끼게 한다. 나의 생각과 욕심을 내려놓고 마주치는 자연과 나를 일치시켜보면 자연이 나에게 보여주는 기운을 느낄 수 있다. 나와 자연과 카메라가 하나로 연결될 때 자신의 감정이 향하는 대상을 애정 있게 담아낼 수 있다. 카메라를 들고 천천히 걷는 '사진산책'을 떠나보자.

살멋, 살멋

가만히 들여다보니,

도토리 싹이 기지개를 켜고 있습니다.

두근, 두근,

가만히 귀 기울여보니

심장 뛰는 소리가 들리는 듯합니다.

용케 다람쥐나 사람의 손을 피해

겨우내 낙엽 속에서 깊은 잠을 자고 깨어난 녀석입니다.

시련이 우리를 성장시키듯

어린 도토리도 어려움을 이겨버면서 자라겠지요.

장차 숲의 새 주인이 될 어린 도토리가

모든 어려움을 이기고

튼튼하게 자라주기를 바라며 힘찬 격려의 박수를 보냅니다.

2) 숲에서 놀기

"내가 진정으로 아끼는 만병통치약은 순수한 숲속의 아침 공기를 들이마시는 것이다."

헨리 데이비드 소로가 그의 명저 『월든』에서 한 말이다.

번잡한 도심을 떠나 가까운 숲에 들어서면 신선한 공기가 제일 먼저 반긴다. 코로나19로 사람들의 몸과 마음이 힘든 요즘도 도시에서 얻은 피로와 스트레스를 달래주는 숲의 역할이 더욱 커지고 있다. 우리는 왜 힘들 때 숲을 찾는 것일까요? 그리고 사람들은 어떻게 숲에서 위안을 얻을까?

국립산림과학원 연구에 의하면 "산림을 이루는 녹색에는 눈의 피로를 풀어주고 마음에 안정을 주는 '컬러 테라피' 효과가 있다"고 한다. 산림 경관을 바라본 결과, 마음이 안정될 때 나타나는 뇌파인 '알파파'가 증가한다는 것이다. 또한 30분간 숲길 2킬로미터를 걷는 것만으로도 경관, 햇빛, 피톤치드 등 다양한 숲의 치유 인자로 인해 긴장, 우울, 분노, 피로 등 부정적 감정이 70퍼센트 이상 줄어든 것으로 나타났다.

가까운 숲으로 떠나보자. 한껏 풍성해진 불어오는 바람과 향긋한 숲의 향기를 느끼다 보면 어느새 복잡했던 머리도, 무거웠던 몸과 마음도 한결 가벼워진 걸 느낄 수 있을 것이다.

방안에서 뒹굴뒹굴하는 아이들을 데리고 숲에 나갔습니다.

흙 냄새, 풀 향기, 솔바람, 꽃구름…

자연의 숨결을 온몸으로 느끼며 아이들은 마냥 흥거워했습니다.

아이들의 즐거움을 표현하고 싶어서

카메라를 들고 아이들과 함께 뛰었습니다.

지금도 이 사진을 보면 아이들 웃음소리가 들려오는 듯합니다.

3) 숲, 사진에 담기

숲은 어머니 품속과 같다.

나무와 풀 등 온갖 생명이 나고 자라고 생을 마감한다.

생명의 기운을 느낄 수 있는 가장 좋은 곳이 숲이다.

숲과 나무, 하늘과 바람을 카메라에 담아보자.

숲과 함께한 우리들의 모습도 기록해보자.

작은 풀과 꽃, 색다른 모양의 나뭇잎, 나뭇잎 사이로 들어오는 부드러운 나무의 피부까지….

그동안 알지 못했던 숲의 매력에 흠뻑 빠져보자.

계절에 따라 변하는 숲의 모습을 담아보고 비교해보는 것도 큰 즐거움이다.

긴 겨울잠에서 깨어난 버들개지 형제입니다.

솜털에 쌓인 체 모진 겨울을 이겨낸 녀석들입니다.

남녘에서 불어오는 훈풍에

살아있는 모든 것들이 분주해질 때

녀석들도 하늘을 향해 기지개를 켭니다.

부풀어 오르기 시작하는

버들개지를 바라보고 있노라니

가슴이 뭉클해집니다.

봄볕에 반짝이는 하트가

지치고 힘든 우리 마음을 다독이며

따듯하게

어루만져 주는 듯합니다.

우연히 새 둥지를 발견하고

살며시 다가서다 어미와 눈이 마주쳤습니다.

순간, 새도 놀라고 저도 놀랐습니다.

까만 두 눈에는 두려움이 가득했지만

알을 품고 있는 어미 새는 꼼짝하지 않았습니다.

그것은 작고 여린 몸으로

세상을 향해 겁 없이 맞서는

당당하고 거룩한

모성(母性)이었습니다

삼복더위에

자벌레가 길을 나섰습니다.

거꾸로 나뭇가지에 매달려

108배를 하듯 온몸으로 정진하고 있습니다.

왜 저리 힘들게 살까?

신기한 듯 바라보다가

'산다는 것은

어느 한순간도 놓칠 수 없는

치열한 자기 몰입이어야 한다'는

화두 하나 받습니다.

오늘도 우리들의 일그러진 영웅

자벌레는 오체투지(五體投地)

하며 여름 속을 가고 있습니다.

꽃은 눈으로 지지만 낙엽은 가슴으로 진다고 합니다.

떨어진 낙엽에 흰 서리까지 맺혀 있습니다.

자신의 할 일을 다하고

한 줄기 바람에 제 몸을 기꺼이 내맡기는 낙엽을 보며,

떠날 때 떠날 줄 아는 것이 숭고한 자연의 섭리

라는 생각이 듭니다.

아름답게 생을 마감하는 낙엽은

새봄에 피어날 생명을 위한 희망이겠지요

무서리가 내린 아침,
화려했던 잎사귀들을 떨어뜨리고
꿋꿋하게 서 있는 나무 사이로
찬란한 아침 햇살이 찾아듭니다.

추운 겨울을 나기 위해
자신의 모든 것을 비운 나무들을 보면서
무엇 하나 버리지 못하고 움켜쥔 채
또 한 해를 보내는 제 모습을 돌아봅니다.

그들을 닮고 싶어
한동안 나무 곁에 서 있어봅니다

함박눈이 내리던 날,

아파트 화단 마른 장미 옆에

누군가 조각한 눈사람.

쥐똥나무 열매는 눈이 되고,

애기사과 열매는 코가 되고,

마른 잎과 가지들은 눈썹과 입이 되고...

지난 가을과 겨울이 만나

살포시 미소 짓는다.

4) 도심에 핀 희망

도심에서 봄은 가장 낮은 곳에서 찾아든다. 가로수 양지바른 곳이면 어김없이 민들레, 꽃다지, 냉이 등이 쇠창살 틈으로 고개를 내민다. 회색 겨울이 머물던 도심이 이들로 인해 햇살처럼 눈부신 봄으로 탈바꿈한다.

봄이다.

가로수 밑 쇠창살 사이로 환하게 피어난 민들레가

잿빛 도시에 봄을 부른다.

척박한 상황에서도 끈질기게 놓지 않는 희망이 있기에

콘크리트 틈새나, 무거운 쇠창살 사이에서도

노란 햇살처럼 눈부시다.

그렇게 살 일이다.

어떤 어려움에서도 치열한 열정을 가슴에 품고,

자기를 내세우지 않으면서도 주위를 환하게 비춰주는

민들레의 소박함으로.

회색 겨울이 머물러있는 콘크리트 빌딩 숲에

지금 봄이 오고 있다.

우리는 자연을 갈아엎고, 작은 생명을 등 뒤로 한 채 도시를 만들어 간다. 그렇지만 작고 보잘것없는 생명은 우리를 버리지 않고 늘 우리 곁으로 찾아온다. 작은 생명이 살 수 없는 땅은 우리도 살 수 없다.

공원 돌계단을 오르다 발밑에서 반짝이는 노란 민들레.

보랏빛 제비꽃도 그 옆에서 빼꼼 얼굴을 내밀었다.

점심을 마치고 산책하던 직장인들,

혹여 밟을까 발걸음을 주춤하다 이내 미소 짓는다.

그 어느 곳이든 한 줌의 흙을 움켜쥐고 당당하게 피어나

온몸으로 봄을 노래하는 들꽃들.

척박한 상황에서도 희망을 품었기에

모진 겨울을 견딜 수 있었다.

코로나19로 시름하며 회색 겨울이 머물러있던 우리 마음속에도

희망의 봄이 오고 있다.

생명체는 아무리 열악한 상황에서도 주어진 삶을 포기하는 법이 없다. 각자 자신이 처한 환경에서 최선의 삶을 살고 있다. 길을 가다 콘크리트 바닥의 작은 틈새로부터 빛을 찾아 나오는 노란 민들레를 보면 마음이 환해진다. 길에서 마주하는 들꽃에게 가볍게 인사를 건네 보자. 발걸음이 한결 가벼워질 것이다.

　무더위가 기승을 부리던 여름날 용산 국립중앙박물관을 찾았다. 건물 계단을 오르면 남산과 미8군 사령부 부지가 한눈에 내려다보이는 곳, 파란 하늘 아래 뛰어노는 아이들과 두런두런 이야기를 나누는 엄마들의 모습을 실루엣으로 표현하였다. 배경과 대비되는 실루엣(그림자를 뜻하는 프랑스 용어) 사진은 잘 사용하면 시선을 끄는 힘이 있다. 빛의 반대편은 다까맣게 표현되기 때문에 사람의 경우 배경 속에서 더 도드라져 작게 보이는 피사체라도 눈을 사로잡는다. 촬영시 노출은 배경에 맞추면 멋진 실루엣 사진을 포착할 수 있다.

　아이들이 계단 위까지 뜀박질을 합니다.

먼저 올라간 아이는 신이 나 만세를 부르고

뒤따라온 아이는 부지런히 계단을 오릅니다.

그러건 말든 다른 아이는 줄넘기로 세상을 들었다 놨다 합니다.

어른들은 돌계단에 앉아 쉬고 있는데

아이들은 이제야 제 세상을 만난 듯 신이 났습니다.

푹푹 찌는 더위가 기승을 부리고 코로나의 기세는 꺾일 줄 모릅니다.

숨 막히는 일상이 계속되지만 파란 하늘에 두둥실 떠다니는 뭉게구름과 신나게 뛰어노는 아이들 모습이 지친 마음을 위로해 전해줍니다.

장마철 잠깐 맑아진 하늘 위로 구름들이 여러 가지 동물 모양을 만들며 그야말로 '동물의 왕국'을 연출하고 있다. 잠시나마 동심으로 돌아간 나의 마음을 사진에 담아 어릴 적 추억 속으로 들어갔다. 순간이지만 사회적 나의 역할과 가면을 내려놓고 순수했던 동심으로 돌아가는 순간이다.

기린, 쥐, 강아지, 오리, 곰, ….
지루한 장마 틈에
하늘에 '동물의 왕국'이 펼쳐졌다.
바람이 부는 대로
뭉쳤다 사라지며 구름은
다양한 동물들을 만들며
잊고 있던 동심을 깨운다.

어쩌면
우리가 보는 모든 것은
이 구름처럼 일순간 뭉쳤다 사라지는 것이 아닐까?

동심으로 돌아간 이 순간
기자도, 아빠도, 그 누구도 아닌
난 밀림의 왕자.

전국적으로 무더위가 기승을 부리던 날, 여의도 한강시민공원으로 더위를 식히러 갔다가 공원에 사는 새들의 피서를 엿보았다. 더운 날씨에 물놀이가 즐거운 것은 사람이나 새나 마찬가지인 듯하다.

새들은 어떤 방법으로 무더위를 피할까?

새에게는 땀샘이 없다. 몸이 가벼워야 창공을 비행하는 데 무리가 없기에 새들은 평소에 물을 덜 먹고 요소(오줌)가 아닌 요산으로 배설한다. 필요한 수분은 먹이를 통해 공급받거나 신진대사 과정에서 충당한다.

새의 체온은 40도로 사람보다 높기 때문에 더위에는 강하지만 기온이 아주 높을 때는 새들도 목욕하거나 수분을 공급받아야 체온 조절이 가능해진다. 그런 이유로 새들도 한여름에는 에너지 활동을 최대한 줄이고 작게 하며 물가에서 물놀이를 즐긴다.

새들은 목욕하면서 체온조절을 하고 깃털관리도 함께한다. 이곳저곳을 옮겨 다녀 깃털에 기생충과 흙먼지가 많은데, 이를 제거하거나 씻기 위해 목욕은 새들에게도 건강관리 차원에서 중요한 일이다. 새들이 안심하고 목욕을 즐길 수 있는 '공동새욕장'을 만들어 주면 어떨까.

장마가 시작되던 날,

나무 밑동 철삿줄에 앉아 참새들이 비를 피하고 있습니다.

평소엔 조그만 먹을 것을 가지고도

아등바등 싸우던 녀석들입니다.

온몸이 젖고 날씨가 음산해지자

서로에게 기대며 추위와 배고픔을 달래고 있습니다.

하루종일 비 내리는 날

누군가의 따뜻한 온기가 그리워지는 건

비단 참새만은 아니겠지요.

까치 한 마리가 긴 나뭇가지를 입에 물고
자동차 사이를 깡충깡충 뛰어다닙니다.

까치가 집을 지으려면 나뭇가지가 적어도 천 개는 필요하다고 합니다.
하지만 도심의 까치에게는 마음에 드는 자리를 정하는 것도,
집 지을 재료를 구하는 것도 여의치 않아 보입니다.

그래도 새끼를 낳고 기를 생각에 힘든 줄도 모르고
콘크리트로 뒤덮인 도심을 부지런히 누비고 다닙니다.

집 광풍이 몰아치고 있는 요즘,
도심에서 마음껏 자기 집을 짓고 있는 까치가 한편 부럽기도 합니다.
우리에게도 좋은 소식을 전해주길 기대해 봅니다.

시골에서 자란 탓에 분주한 일상에서도 문득 동심으로 돌아가게 만드는 소리가 들리면 나는 하던 일을 멈추고 그 소리에 몰입하곤 한다. 천장에서 쥐들이 난리 칠 때마다 이리저리 쥐똥 굴러다니는 소리, 일 나간 어미 소를 찾는 송아지 울음소리, 밥 먹으라 악쓰시던 어머니 소리 등. 모두 기억 한편에 자리잡은 아득한 소리다. 그중에서도 이 삭막한 대도시에서 가끔 들을 수 있는 까치 소리가 나는 좋다.

시골 어른들은 유달리 까치 소리를 좋아했다. 마을 들머리 논 옆에 서 있던 커다란 미루나무에 까치가 날아들어 아침을 여는 날이면 어른들은 어린아이처럼 함박웃음을 짓곤 했다. 이런 날 찾는 이 없어 저녁 무렵까지 눈깔사탕 하나 안 생겨도 하루종일 설렘에 기분이 좋았다. 그래서 그런지 지금도 까치 소리를 들으면 무슨 좋은 일이 생기려나 하고 괜히 가슴이 설렌다.

경칩을 하루 앞둔 2002년 3월 5일 국회에서 벌어진 '쥐 잡는 까치'의 출현은 잠시나마 어릴 적 향수를 불러일으키기에 충분하였다. 정겨운 쥐 소리와 까치 소리를 동시에 들었기 때문이다. 국회 출입 석간 사진기자의 하루는 이른 아침에 국

회 귀빈식당에서 열리는 당정회의를 챙기는 것부터 시작된다. '쥐 잡는 까치'가 출현한 날도 여느 때와 마찬가지로 새벽녘에 덜 깬 잠과 술기운을 툴툴 털면서 국회 본관 계단을 오르고 있었다. 그때 본관을 받치는 육중한 돌기둥 뒤에서 들리는 쥐 소리와 까치 소리. 순간 호기심은 기억 저편에 묻어둔 향수를 건드렸다. 까치발로 살금살금 다가가 보니 까치가 쥐를 쫓고 있었다.

쥐한테는 미안하지만, 너무나 재미있었다. 쥐가 죽어라 도망치면 훌쩍 날아서 앞을 가로막는 까치. 다시 반대로 튀면 까치도 훌쩍 날아 반대편에서 떡하니. 바리바리 도망치던 쥐가 까치한테 덤벼보지만 역부족. 결국 인기척을 느낀 까치가 한눈을 파는 사이 서생원은 죽어라 줄행랑.

이 희한한 '동물의 왕국'을 보느라 당정회의는 물먹었다(취재를 못했다). 할 수 없이 데스크에게 욕먹을 각오로 당정회의 대신 '쥐 잡는 까치' 사진을 송고했다. 그리고 얼마나 지났을까. 민주당과 한나라당을 정신없이 뛰어다니며 마감을 끝내고 나니 몸이 녹초가 됐다. 국회 기자실 소파에 몸을 기대니 저절로 잠이 스르륵. 그것도 잠시 모 방송국에서 전화가 왔다.

"아직도 그 까치를 거기 가면 볼 수 있습니까?"

처음에는 무슨 말인지 몰랐다. 아직 신문이 나올 시간도 안됐고 설령 신문이 나와도 부원들 눈요기나 하라고 보낸 '쥐 잡는 까치' 사진이 신문에 실렸으리라고는 상상도 못 했다. 〈문화일보〉 인터넷 홈페이지 프론트면에 실렸다는 방송국 '순간포착' 팀의 설명이다.

기자실로 배달된 문화일보 사회면에도 대문짝만하게 사진이 실렸다. 이 사진을 보고 한바탕 웃던 동료들이 저마다 한마디씩 한다.

"이 까치 김선규 씨가 기르는 놈 맞지?"

"옛날 국립묘지에 있었던 그 놈(까치)이지?"

"그래 맞다. 그놈 같다. 아니 그놈 자식 같다."

새삼 기자실의 화제가 몇 년 전 현충원에서 취재했던 '까치의 헌화'로 옮겨졌다.

당시 장안에 화제가 됐던 '까치의 헌화'에 대해 〈미디어오

193

늘〉 1996년 7월 10일자는 다음과 같이 기록하고 있다.

지난 6월 25일자 〈문화일보〉 1면에 까치 한 마리가 한 무명용사의 묘비에 헌화하고 있는 사진이 실려 언론계에 화제가 됐다. 까치가 헌화하는 희귀한 장면 때문에 사진 조작 시비에 휘말리기도 한 이 보도사진은 그러나 별다른 사진거리를 찾지 못한 기자가 2시간 동안 까치를 쫓아다니다가 우연찮게 포착한 '노력'의 산물. 이 사진을 찍은 〈문화일보〉 김선규 기자가 6·25 46돌 스케치 사진을 찍어 오라는 지시를 받고 국립묘지에 도착한 것은 당일인 25일 오전. 그러나 참배객 한 명 찾아볼 수 없는 등 마땅한 사진 거리를 찾을 수 없어 고심하던 중 마침 눈에 띈 것이 까치였다는 것. 풍경이라도 찍어보자는 생각에 까치들의 총총걸음 쫓기 2시간여 만에 이 같은 희귀한 장면을 잡을 수 있었다는 것. 그러나 김 기자는 희귀한 장면 때문에 '꽃에 꿀을 바른 것 아니냐', '조련한 까치를 사용한 것 아니냐'는 의혹과 '컴퓨터로 사진 조작한 것 같다'는 사진 조작 시비에 시달려야 했다.

'까치의 헌화'와 '쥐잡는 까치' 사진의 주인공은 모두 까치다. 흔하지 않은 일이기에 얼핏 두 사진을 보면 웃음이 나온다. 하지만 자세히 사진을 들여다보면 두 사진은 모두 강한 메시지를 함축하고 있다.

우선 지난 1996년에 발표된 '까치의 헌화'는 6·25 발발 46돌이 지나면서 참배객의 발길이 끊긴 묘역을 까치가 참배객을 대신해 헌화를 하고 있는 장면이다. 시간이 흐를수록 쓸쓸해지고 있는 한국전쟁 전사자 묘역을 상징적으로 보여주고 있는 장면이다. 또한 '쥐 잡는 까치' 사진은 갈수록 심각해지는 환경공해로 인한 생태계 이변이 속출하고 있는 모습을 단적으로 보여주는 사진이다. 잡식성 조류인 까치가 독수리 등 맹금류의 사냥감인 쥐를 공격하는 장면은 보기 드문 경우라는 것이 조류학계의 설명이다.

까치가 연출한 멋진 두 장면으로 내 별명이 '까치 아빠'가 됐다. 나는 그 '까치 아빠'란 별명이 결코 싫지 않다. 최근 가족과 떨어져 있는 내 상황을 빗대어 불린 '기러기 아빠'보다는 훨씬 맘에 든다. "까치 까치설날은 어저께고요"라는 동요 가사처럼 까치는 아직 오지 않은 설날을 미리 맞이함으로써 우리를 기쁨에 들뜨게 하지 않았던가. 그래서 까치 소리를 듣는 날이면 지금도 내게 무슨 좋은 일이 생기려나 하는 설렘이 인다.

5) '오늘도 수고했어'

"오늘 하루도 수고 많으셨습니다."

노을이 가득한 퇴근길에 KBS 라디오 클래식 FM에서 달달한 목소리의 전기현 씨 멘트가 흘러나온다. 늘 듣던 방송인데 일이 잘 안 풀려 하루종일 헤매다 파김치가 되어 퇴근하던 날, 진행자의 일상적인 저 멘트가 묘하게 위로가 되었다. 음악에 실려 보내는 달콤한 말 한마디…

그것에 힌트를 얻어 그날 저녁 가족단톡에 저녁산책을 하며 사진 한 장과 "오늘도 수고했어^^"라는 톡을 날린다. 하루종일 조용하던 가족단톡방이 이것을 계기로 시끌벅적 활기가 돌았다. 그 후로도 가족 단톡방이 조용한 날은 저녁산책을 하면서 풍경사진을 올린다. '오늘도 수고했어'란 멘트와 함께...

예쁜 노을을 보면 행복하다. 눈길, 발길은 물론 마음마저 붙잡는다. 코로나19 확산과 미세먼지로 공원마저 발길이 뜸한 저녁. 신도시를 품고 있는 호숫가를 산책하다 아름다운 노을을 만났다. 행운이다. 이 행운을 '오늘도 수고했어'란 말과 함께 가족과 함께했다.

미세먼지 끝자락에 찾아드는 노을이 반갑다.

마스크를 끼고 뛰어가는 중년에게도

서로만을 바라보던 청춘에게도

붉은 기운이 어깨를 토닥이며 부드럽게 스며든다.

노을과 함께 찾아드는 땅거미에

나무도 사람도 자신의 빛을 내려놓는다.

하루종일 미세먼지처럼 붙어 다니던 근심, 걱정

황홀한 빛에 빨려 들어가 슬그머니 꼬리를 감춘다.

코로나로 지친 마음, 노을이 전하는 위로에

가족들에게 사진과 함께 격려문자 한 통 건네 본다.

"오늘도 수고했어!"

6) 일상 속 무의식 발견

추운 날 집을 나서다 길냥이들이 눈에 들어왔다. 동네 길냥이들이 온기가 남아있는 차 밑으로 모여들었다. 자꾸 마음이 가고 신경이 쓰인다. 저 길냥이들은 추운 겨울을 어떻게 지낼지? 밥은 먹는지? 다른 날 그곳을 지날 때 길냥이들의 흔적을 더듬는다. 어쩌다 모습을 드러낼 때면 반갑다. 그렇게 산책길

에 길냥이와 인연이 시작된다.

어느 날부터 그 길냥이 친구가 안 보이기 시작했다. 허전한 마음이 커져갔다. 결국 냥이 한 마리를 집에 입양했다. 냥이와 함께 놀며 그 모습을 담다 보니 아빠의 둘도 없는 친구가 되었다.

'사진의 매력 가운데 하나가 무심코 찍은 한 장 한 장의 사진이 쌓여 가면 일정한 관심과 의식의 흐름이 발견된다는 사실이다.'

— 윤광준, 『잘 찍은 사진 한 장』 중에서

어떤 대상이 내 눈길을 넘어 마음속에 들어오면 자신의 무의식이 발동하기 시작한 것이다. 왠지 마음이 가는 대상이 생기고 거기에 빠져들어 한 장 두 장 사진을 찍다 보면 그 사진들이 품고 있는 시간과 공간이 더해져 일괄된 주제를 갖게 된다. 사진을 무의식을 비추는 거울이라는 이유가 여기에 있다.

* * *

어미랑 떨어져 처음 낯선 집에 오던 날,

거실 서랍장 좁은 틈으로 몸을 숨기고 식구들과 탐색전을 펼친다.

이름은 '달리'.

벵갈족이라 몸이 날렵하고 활동적이다. 낯섦과 두려움을
떨치고 호기심 가득한 눈빛으로 탐사를 시작한다.

아빠의 주머니 사정을 아는지 돈 주고 산 장난감보다 공짜

인 택배 상자를 더 좋아하는 기특한 녀석이다.

    우리 집 고양이 '달리'입니다.

    상자만 보면 그 속에 들어가 봐야 직성이 풀리는 호기심 많은 녀석입니다.

    스테이플러로 상자날개를 고정시켜주니 상당히 맘에 드나봅니다.

    자기 집 놔두고 하루종일 상자 안에서 숨바꼭질을 합니다.

    이 녀석과 놀다 보니 아이들 어릴 때가 생각납니다.

    봄날 가듯 훌쩍 커버린 아이들을 대신해 이제는 냥이가 아빠와 놀아줍니다.

    이렇게 냥이와 정들며 한 식구가 되어가나 봅니다.

7) 계절의 변화

"뚜렷한 사계절이 있기에, 볼수록 정이 드는 산과 들…"

이 노래 가사처럼 우리나라 특징 중에 으뜸은 "사계절이 뚜렷한 나라"라고 할 수 있다. 봄, 여름, 가을, 겨울. 모든 계절이 그 고유의 아름다움을 품고 있다. 다채로운 일 년을 마주할 수 있어 큰 행운이지만 하루하루 살다 보면 계절이 바뀌는 것도 모르고 지나치는 경우가 많다. 늘 같은 장소라도 꾸준히 기록하여 사계절을 하나로 모아보면 멋진 다큐멘터리 작품이 된다.

하루에 한 번은 꼭 찾는 호수공원이다. 햇살이 아름다운 가을 아침 호수교 밑을 지나다 안개와 단풍이 어우러진 풍경을 보았다. 아침 산책하는 사람들과 어우러져 한 폭의 그림을 연출하고 있다.

그 후 이곳을 지날 때마다 사계절 사진을 찍었다. 계절마다 특유의 빛을 가지고 있다.

집 베란다에서 호수로의 풍경을 사계절 담아봤다.

〈여름이 준 선물〉

삼복더위에 맞은 휴가,
에어컨과 TV를 벗 삼아 하루종일 집콕이다.

'우당탕탕'
요란한 빗소리가 베란다 창을 두드린다.
커튼을 젖히고 베란다 밖을 내다보니
먹구름을 몰고 다니던 하늘이 요란하게 소낙비를 토해낸다.
무더위 속에 목말라하던 가로수들이 싱그럽다.

'왈왈'
어디서 나타났는지 귀여운 강아지 한 마리,
먹구름 사이를 헤치고 하늘 위를 뛰어다니며
라이브 공연을 펼친다.

물가는 치솟고 살림살이는 갈수록 팍팍해지고….
먹구름 몰려오듯 피어나던 근심걱정이
강아지 닮은 구름 재롱에 슬며시 꼬리를 감춘다.
여름이 준 선물에 어느덧 마음이 평화로워진다.

　자연은 이 세상에서 가장 흥미로운 볼거리를 날마다 제공
해준다. 태풍이 오가는 여름 하늘은 어느 계절보다 변화무쌍
하다. 가끔 하늘멍(하늘을 바라보며 멍때림) 해보자. 습한 마음이
뽀송뽀송해질 것이다.

8) 일상의 작은 변화

거실에 있는 몬스테라가 기지개를 켜는 모습을 일주일 동안 스마트폰에 담아봤다.

피사체 주변에 천천히 맴돌고 있는 시간, 한 생명체가 간직한 강한 생명력….

단지 알아차리지 못할 뿐,

우리 일상에는 이런 놀라운 일들이 날마다 벌어지고 있다.

포토에세이

마음을 움직이는 포토 에세이 작성법

오래전 프랑스 최고의 작가인 미셸 투르니에가 역시 프랑스 최고의 사진작가 부바의 사진에 글을 붙인 『뒷모습』이란 책을 만났다. 손에 넣는 즉시 몇 번을 되풀이해서 읽으면서 부바의 아름다운 사진에 눈길을 포개어놓고 있었다. 사진과 글이 주는 매력에 흠뻑 빠졌다. 책을 덮고 욕심이 생겼다. 기회가 왔다. 2011년 사진부 테스크를 맡으면서 〈문화일보〉 지면에 '포토에세이'를 신설하여 매주 연재하였다.

포토에세이는 사진을 보고 쓴 글이다. 사진에 글을 곁들여 독자들에게 주제를 전달함을 목적으로 한다. 사진에 제목을 붙이거나 짧은 글로도 표현할 수 있다. 또 사진을 보고 한 편의 에세이를 쓰는 것까지 다양하다. 이때 자신의 생각을 뒷받

침해 줄 글을 인용해도 된다. 이 포토에세이는 독자들에게 자신의 느낌, 생각, 철학 등을 표현하기 위해 안성맞춤이다.

1) 사진을 보고 자신의 생각을 나열하기

사진만 보여주는 것보다 사진 찍을 당시 느낌이나 소감 등을 곁들이면 자신의 생각이 잘 표현되고 전달된다. 우선 마음이 가는 사진을 앞에 놓고 사진에 담긴 피사체와 마주했을 때 느낌과 생각 등을 나열한다. 사진을 찍을 당시 날씨도 좋고 피사체가 처한 환경을 묘사해도 좋다.

2020년 추석을 앞두고 퇴근길에 우연히 한 택배노동자의 일하는 모습과 마주했다. 깜깜한 밤에 장마철처럼 폭우가 쏟아지고 있어 거리에는 사람들이 없었고 택배노동자 홀로 행여 비에 젖을까 차 안에서 배달할 물건들을 분류하느라 애를 먹고 있었다. 순간 측은한 마음이 일어 스마트폰으로 그 일하는 모습을 담았다. 우연히 마주한 풍경이 마음을 움직인다. 그 마음을 사진으로 담고 싶을 때 몸의 일부처럼 돼 버린 스마트폰이 그 소원을 해결해준다. 노출, 셔터 스피드, 감도, 초점 등 알아서 계산해 순식간에 최적화된 답을 찾아주기에 그저 마음 가는 대로 누르기만 하면 된다.

에세이에 담을 단어들을 나열하면 '비, 밤, 택배노동자, 추석, 아파트, 불빛, 텅빈 거리…'.

비가 추적추적 내리는 밤,

한 택배노동자가 차량에서 배달할 물건을 내리고 있다.

코로나19로 택배 물량이 늘어난 데다

추석을 앞둔 때라 아직 배달하지 못한 물건이 빼곡히 쌓여 있다.

누구든 이 시간이면 일을 마치고 집으로 돌아가고 싶은 마음이 간절

할 텐데…

반갑지 않은 비마저 내려 일손이 더뎌 보인다.

집에 와보니 현관문 앞에 택배가 놓여 있다.

언제부턴가 문 앞에 놓인 택배를 당연하게 생각했는데

택배 상자 뒤에 사람이 있다는 사실을 잊고 살았다.

편리함 뒤에 감춰진 소중한 노동에 새삼 감사한 마음이 든다.

에세이를 다 썼으면 블로그나 페이스북에 올릴 때 제목을 달아주는 것이 좋다. 제목은 글 전체를 아우를 수 있는 핵심 키워드로 구성되는 것이 좋다.

신문사 편집자는 이 포토에세이를 편집하면서 다음과 같은 제목을 달았다.

'아직 배달할 게 많은데… 집에는 언제쯤'

2) 피사체와 마주했을 때 자신의 생각 펼치기

좋은 글은 단어의 단편적 나열이 아니라 연결성 있는 생각 펼치기다. 연결성이 있다는 것은 글에 이야기가 있다는 것이다. 사진도 그렇지만, 글도 자신의 생각이 잘 드러나야 좋다.

2010년 8월 강원도 평창 자생식물원에 갔을 때 다람쥐 한 마리가 누군가 떨어트린 아이스크림 삼매경에 빠진 모습을 목격했다. 그 모습이 앙증맞고 귀여워 다람쥐와 같은 눈높이에서 카메라에 담았다. 얼마나 아이스크림이 맛있었으면 살금살금 다가가 사진을 찍어도 아랑곳하지 않고 자신의 일에 몰입하고 있었다. 훗날 이 사진만 보면 그 당시 다람쥐의 행복한 미소가 전해져오는 듯한 느낌을 받는다.

다람쥐와 마주했을 때 생각들을 모아보면 '귀엽다, 앙증맞다, 다람쥐도 단 것을 좋아하네, 녀석, 이 썩으면 어쩌지, 저러다 도토리 안 먹고 아이스크림만 찾으면 어쩌나, 달콤한 순간, 행복, 행운, 걱정…'.

3) 펼쳐진 생각들을 연결하기

가는 여름이 아쉬웠나 봅니다.

공원 주변을 신나게 뛰어다니던 다람쥐가

'득템'한 아이스크림 삼매경에 빠졌습니다.

인기척도 아랑곳하지 않고

바닥에 떨어진 아이스크림과 눈을 맞추고

앙증맞은 혀를 내밀며

먹는 모습이 사뭇 진지합니다.

녀석의 꿀맛 같은 순간을 방해 할까 봐

가만히 숨죽이며 바라봅니다.

새끼들 걱정, 도토리 모을 걱정….

다람쥐라고 근심이 없을까마는

그래도 우연히 찾아든 행운을 즐기는 이 순간,

다람쥐는 행복해 보입니다.

녀석 입맛 변할까 괜한 걱정도 되지만

힘겨운 우리의 일상에도

문득 다가올 달달한 순간들을 그려보며 혼자 미소 짓습니다.

신문사 동료 편집자는 포토에세이를 편집하면서 다음과 같은 제목을 달았다.

'힘겨운 일상에 힘이되는 달달한 순간.'

4) 연결된 생각들을 논리적으로 구성하기(기승전결)

포토에세이에서 글을 잘 쓰려면 역시 논리적이어야 한다. 자신의 생각을 서론, 본론, 결론이나 기승전결로 표현하는 것이 좋다. 글에 이야기의 흐름이 있어야 재미있고 이해하기 쉬우며 내용이 잘 전달되기 때문이다.

기승전결에서 '기'는 도입부로 글을 여는 것이다. 피사체를 만났을 때 날씨나 그 상황을 묘사하는 것이 좋다. '승'은 내용을 키워가는 것이다. 한 발짝 더 피사체에 접근하여 소소한

점까지 묘사하는 것이 좋다. '전'은 전체 글의 최고점으로 하이라이트 또는 반전을 말하며 '결'은 내용의 마무리다. 피사체와 자신을 동시하거나 피사체를 통해 우리네 삶의 모습을 돌아보면 좋은 포토에세이가 될 수 있다.

앞에서 본 다람쥐의 모습을 기승전결로 나눠보면

기. 다람쥐가 아이스크림 삼매경에 빠진 모습

승. 방해할까 봐 숨죽이며 바라봄

전. 근심 걱정 뒤로하고 우연히 찾아든 행복을 즐기는 다람쥐 모습

결. 우리네 삶을 생각함

고동색 알밤 삼 형제가 가을 햇살을 받아 반짝반짝 빛이 납니다.

여름내 뾰족한 가시로 무장하고 모진 비바람 속에서도 열매를 꼭꼭 품고 키우던 밤나무들입니다.

급한 마음에 억지로 밤송이를 털어서 알밤을 꺼내면 가시를 세우며 쉽게 열매를 버주지 않던 밤나무가 찬바람이 불자 순순히 열매를 내어 줍니다.

무르익는다는 것은 참고 견디어 내는 것, 그리고 때를 기다릴 줄 아는 것이란 진리를 밤나무에게 배웁니다.

인생의 가을이 왔건만 아직 가시를 버세우며 살고 있는 것은 아닌지 자신을 돌아보게 됩니다.

유난스러웠던 날씨에도 풍성한 열매를 맺고 깨달음까지 선물한 밤나무가 고맙습니다.

기. 산에 오르다 밤송이 발견

승. 스스로 벌어진 알밤 삼 형제 모습

전. 가시를 세우며 살아온 자신을 돌아봄(성찰)

결. 감사한 마음(깨달음)

제목은 '알밤 삼 형제가 전해준 삶의 교훈'.

5) 도움이 되는 글을 인용하기

포토에세이 글 잘 쓰는 법은 적절한 글을 인용하기다. 자기의 생각을 표현하는 데 도움이 되며 단단하게 해준다. 글쓰기와 관련된 내용은 PC나 스마트폰에서 검색해도 된다. 평소에 좋은 글을 메모하여 두었다가 적절히 인용하는 것이 좋다.

노을 진 언덕 위에
칼바람을 맞고 서 있습니다.

부양하던 잎들을 다 떨어뜨리고

열매들은 사람과 새에게 주고…

오롯이 그 자리를 지키며

봄을 기다리고 있습니다.

"남을 위하기 때문에 더욱 여유로우며

남에게 주기 때문에 더욱 많아진다."

한줄기 매서운 바람에 실려 겨울나무가 전해준 노자의 말씀이

세밀 멍한 머릿속을 일깨워줍니다.

6) 간결한 문장으로 다듬기

모든 글이 그러하듯 포토에세이의 생명은 글의 간결함이다. 간결한 문장일 때 읽기 쉽고 내용 전달이 잘 된다. 글이 간결해야 힘이 있고 사진에 대한 여운이 오랫동안 남는다. 그러기 위해서는 한 문장에 중복되는 단어가 없는 것이 좋다. 한 문장에 5~10개의 단어로 구성하면 간단하고 깔끔한 문장이 된다. 중복되는 문장이 없어야 내용 전달이 잘 되기 때문이다.

가을을 오랫동안

붙잡고 싶어

단풍잎들을 책 속에 끼워두었습니다.

책갈피에서 잘 마른 단풍잎들이

시골집 사랑방 낡은 격자문 위에서

오후 햇살을 받으며

다시 피어납니다.

어릴 적 손자들이 들락거리는 문은 오래 가지 못해

할머니는 창호지를 덧대 마른 풀꽃이나 단풍잎 등을 넣으셨습니다.

궁핍함 속에서도 삶의 여유를 잊지 않으셨던

할머니에 대한 그리움이

유년의 추억과 함께 피어오릅니다.

'모든 풍경이 사진이 되지 않는 것처럼 작가는 뛰어난 관찰자여야 한다. 기자는 쓰레기통에서도 특종을 건져낸다는 말도 있다. 작가든 기자든 글 쓰는 사람에게는 평범한 대상에서 비범한 그 무엇을 찾아내는 안목, 모두가 당연하게 여기는 것을 비틀어 보고 뒤집어 생각하는 훈련이 요구된다.'

— 은유, 『글쓰기 최전선』 중에서

평범한 대상에서 비범한 그 무엇을 찾아내는 안목이 중요하다는 말이다. 모두가 당연하게 여기는 것을 비틀어 보고 뒤집어 생각하는 훈련이 필요하다. 어느 순간 풍경이 내게 말을 걸 때가 있다. 내 마음속의 무엇이 내 앞에 보이는 피사체와 깊은 공감을 하는 순간. 그 순간의 장면들이 포토에세이의 좋은 소재가 된다.

경황이 없어 끼니를 놓쳤다.
어머니가 시골집 마당에서 쓰러지셔서
병원 응급실까지 내달리며 정신없이 시간이 흘렀다.
입원까지 마치고 한숨을 돌리고 나니 하루해가 다 갔다.

갈증과 허기가 동시에 몰려왔다.
병원 근처 식당 구석에서 혼자 설렁탕을 먹고 있었다.

뜨거운 국물이 타들어 가던 속을 채워주었다.

몇 술갈 뜨다가 국물 위에 떠오른

하트 모양 파 두 조각에 눈길이 머물렀다.

한동안 그 모습을 보는데

뜨거운 것이 가슴 깊은 곳에서 올라왔다.

아닌 척, 괜찮은 척하며 묵묵히 견뎌왔는데….

"얘야, 괜찮다. 어서 먹어."

고통 속에 신음하면서도 도리어 자식을 위로해 주시는 것 같았다.

어머니 힘내세요.

사랑합니다.

2021년 12월 크리스마스를 일주일 앞두고 어머니를 모시고 시골집에 갔다가 일어난 에피소드다. 평소 아무 생각 없이 먹던 설렁탕 속 파의 하트 모양이 내 마음속에 들어왔다.

하이쿠 같은 짧은 두 문장으로 포토에세이를 완성하였다.

가을에 파리를 보면
이 땅의 어머니를 보고 있는 것 같다.

낡고 주름진 껍데기 속에
붉게 타오르는 저 뜨거운 사랑.

포노 사피엔스

사진 찍는 인류, 포노 사피엔스

잠자리가 불편하거나 안 좋은 일이 생겼을 때 가끔 악몽을 꾸곤 했다. 그 악몽 중 대표적인 것이 길을 가다 기막힌 광경이 펼쳐지고 있는데 카메라가 없는 것이다. 꿈속이지만 그 안타까움을 이루 말할 수 없다. 오랫동안 사진기자 생활을 하면서 실제로 가끔 그런 일이 벌어졌기에 컨디션이 안 좋은 날은 그 안타까움이 잠재되어 있다가 꿈속에 나타나는 것 같다.

그런데 언제부턴가 그런 꿈이 사라졌다. 가만히 분석해 보니 스마트폰 덕분인 것 같다. 언제 어디서나 마음에 동요가 있으면 휴대폰으로 그 감동을 사진에 담고 때로는 휴대폰 카메라로 마감은 물론 특종도 했다.

약 20만 년 전 지구에 등장한 인류의 조상 '호모 사피엔스'는 청동기와 철을 도구로 활용해 문명을 발전시켰다. 그리고

2007년, 스티브 잡스가 아이폰을 세상에 내놓으면서 인류는 스마트폰이라는 새로운 도구를 얻었다. 이른바 스마트폰을 신체 일부처럼 사용하는 사람을 뜻하는 '포노 사피엔스(Phono Sapiens)'의 시작이었다. 스마트폰을 통해 인류는 언제 어디서든 실시간으로, 편리하게 말할 힘을 얻었다.

권혁재는 그의 책 『핸드폰 사진관』에서 언제 어디서든 사진을 찍어 일상을 기록하는 오늘날의 우리를 '사진 찍는 인류'의 탄생이라 칭하며 너나없이 '나는 찍는다, 고로 존재한다'를 굳게 믿고 사는 듯하다고 했다. 이 스마트폰에 내장된 폰카를 활용한 '언제, 어디서 누구와 함께했다'라는 기록은 SNS의 필수요소가 되었고 핸드폰 사진은 찍은 행위를 넘어서 소통의 필수요소로 자리 잡았다.

내 악몽이 사라진 것도 스마트폰에 내장된 폰카 덕분이다. 어떤 상황이 벌어져도 항상 휴대하고 있어 순발력 있게 대처하고 노출, 포커스 등 모든 기능이 자동으로 이루어지는 나는 비로소 사진으로부터 자유를 얻은 것이다. 길을 가다가 와! 하는 느낌이 오면 나는 시간과 장소에 상관없이 무조건 찍는다. 그 사진을 나중에 천천히 감상하다 보면 내가 좋아하는 것들이 있다. 이런 작업이 '자기다움'을 알아가는 과정이다. 자기도 모르게 눈길이 가는 사진이 있다. 그런 사진들이 본인은 의식하지 못하고 있는 '자기다움'을 가르쳐준다.

1) 사진은 '놀이'

페이스북이나 인스타그램이 활성화되면서 사진찍기 놀이에 동참하는 사람들이 많아지고 있다. 판자처럼 널브러진 모습을 사진 찍어 올리는 판자놀이부터 올빼미 놀이 등 기발하고 놀라운 사진들을 올리며 즐긴다. 사진찍기 놀이에 동참하는 사람들이 많아지면서 상상을 초월한 장면들이 등장하고 지금도 새로운 사진찍기 놀이가 계속해서 생겨나고 있다.

나는 자연에서 무늬를 찾는 것을 좋아한다. 특히 비오는 날 순식간에 생겼다가 사라지는 무늬들은 온통 나의 눈과 마음을 사로잡는다.

소나기가 내린 후 아내와 집으로 향하다 보도블록에 새겨진 무늬들이 눈길을 사로잡는다.
물기가 마르면서 계속 다른 모습의 무늬들이 만들어진다.

비오는 날 풍경을 사진놀이의 좋은 소재다. 나뭇잎에 맺힌 물방울들을 자세히 들여다보면 또 다른 세상이 있는 것을 볼 수 있으며, 길에 고인 빗물엔 풍경들이 반영된다.

하루종일 비 내리던 날,

옷 젖지 않으려 바삐 가다가

문득 눈길을 붙잡는 풍경.

주르르 미끄럼 타고 내려와

풀대 위에 알알이 맺힌 보석들….

시간 가는 줄 모르고 들여다보는 이 순간,

내 마음은 세상에서 제일 부자.

여의도 선착장

경부고속도로

시골집 멍멍이　　　　　홍대 앞 거리

비 오는 날 차창 밖 풍경은 예상치 못한 멋진 작품들을 선사한다.

자신의 감정이나 느낌을 표현하는 데 '사진'이라는 시각 매체는 자유로운 표현 수단이 되어 준다. 스마트폰 카메라만 가지고 있으면 사진에 대한 지식이나 관심이 없는 사람도 쉽고 재밌게 사진놀이를 즐길 수 있다. 놀이를 즐기는 동안 창의력이 향상되는 걸 느낄 수 있을 것이다.

*핸드폰으로 예쁜 꽃 사진 찍기(정밀하게 초점을 조정하는 방법)
1) 카메라를 연다.
2) '더보기'에서 '프로' 모드를 연다.
3) 포커스 수동 모드로 둔다.
4) 초점을 최단거리로 조정한다.
3) 핸드폰을 움직여 찍고자 하는 물체에 포커스를 맞춘다.
*최단거리 초점을 맞추면 배경은 그만큼 더 멀어져 아웃포커스가 되는 원리다.
핵심은 꽃과 핸드폰이 최단거리가 되게끔 하는 것이다.

2) 일상 속 얼굴 찾기

사진은 일종의 놀이다. 내 주변을 가만히 살펴보면 사람 얼굴 모양을 쉽게 찾을 수 있다. 하루는 아내와 산책하면서 사람 얼굴을 닮은 사물들을 찾아보았다. 의외로 많은 곳에서 사람 얼굴을 한 사물들이 숨어 있다.

아파트 화단 곳곳에 숨어서 지구를 감시하는 외계인들.

집안 곳곳에도 사물들이 사람 얼굴을 하면서 웃고 있다.

호수공원 산책길에 자작나무가 웃고 있다.

어머니가 따오신 각종 채소도 어리연꽃도 미소 짓고 있다.

휴일, 아버지가 차려준 점심 식탁에 만두가 미소 짓고 있습니다.

내가 만두를 보고 웃자 옆에 있던 아이도, 아버지도 웃습니다.

군만두 덕에 웃음꽃이 가득한 식탁이 차려졌습니다.

만두의 미소를 보면서

'행복은 기쁨의 크기가 아니라 빈도'라는 말이 생각났습니다.

한 줄기 바람, 따뜻한 햇살, 아이의 미소….

지천으로 널려 있고 돈 없이도 즐길 수 있는 이 모든 것들이 우리

를 행복하게 합니다.

느낄 수 있고 감사할 수 있다면….

웃는 만두 덕에 행복한 점심이었습니다.

산신제를 지내려고 하는데 감 위로 낙엽 하나가 날아들었다. 장난기가 발동해 사과 위에도 낙엽 하나 올려놓으니 토지신이 미소짓고 있는 것 같았다.

3) 스마트폰 하나면 누구나 사진작가

디지털카메라가 대중화되고 휴대폰에 카메라 기능이 더해지면서 사진은 취미와 같은 여가가 아닌 일상 그 자체가 되었다. 그만큼 보다 나은 촬영에 대한 욕구도 높아졌다. 단순히 찍는다는 개념에서 벗어나 지금의 내 감정을 혹은 그 장면을 '표현'하고 싶어하는 분들이 늘어났다. 이제는 '누구나 사진작가'라는 말이 과하게 들리지 않는다.

"찍고 싶다"라는 그 마음이야말로 내 안에 숨어 있는 '나'가 내게 들려주고 싶은 말이라고 한다. 우리는 나 자신의 목소리를 쉽게 지나칠 때가 많다. 그럴 때 사진은 우리에게 나의 음성을 들려주는 또 다른 표현이다.

#1

"주님, 제 안에 주님을 모시기에 합당치 않사오나 한 말씀만 하소서. 제 영혼이 곧 나으리이다."

성찬이 시작되고 신부님이 그리스도의 잔치에 참여하도록 초대하는 순간, 가슴속 깊은 곳에서 뜨거운 무언가가 올라왔다. 어머니를 휠체어에 모시고 석 달 만에 성당에서 보는 미사였다. 성체를 모시며 어머니 눈에도 이슬이 맺히셨다. 지난 석 달간 애태우며 보내던 시간이 주마등처럼 스쳐 지나갔다.

2021년 12월 어머니가 마당에서 쓰러져 대퇴골을 크게 다치셨다. 울부짖듯 고통을 호소하는 어머니를 모시고 응급실까지 가는 그 시간이 너무도 괴로웠다. 고령에 산산 조각난 뼈들을 맞추느라 수술에 많은 시간이 걸렸다. 수술을 마치고 극한의 고통에서 벗어났지만 직진하던 어머니의 삶은 멈출수밖에 없었다.

병원에서 한 달 만에 퇴원하신 어머니에게 또 한 번의 시련이 닥쳤다. 설에 가족 간 전파로 코로나에 걸리셨다. 간병인도 집으로 돌아가고 꼼짝없이 홀로 집에 계신 어머니의 우울

증은 극에 달했다. 나머지 식구들도 각자 자신의 집에서 격리되어 전화통을 붙들고 수시로 위로해 드렸지만 별 소용이 없었다. 큰아들로 내가 할 수 있는 것이 기도밖에 없었다. 그러나 아무리 기도를 드려도 어머니의 상태는 나아지지 않았고 내 마음은 점점 공허해졌다. 그저 시간에 모든 것을 맡기는 수밖에 없었다.

꼼짝없이 집에 갇혀 불안한 마음에 책장 앞을 서성이다 대학 친구인 신한열 수사가 쓴 『함께 사는 기적』이란 책에 눈길이 머물렀다. 친구는 프랑스 떼제 공동체에서 30년 넘게 수사로 활동하며 자신의 경험을 바탕으로 집필한 책에서 '기도는 생각을 채우는 것이기보다 비우는 것'이라고 했다.

처음엔 그 말을 잘 이해하지 못했다. 몇 번을 다시 읽다가 '기도할 때 필요한 것은 많은 말이 아니라 하느님을 향해 우리 마음을 여는 것'이라는 구절에서 가슴이 확 열리는 느낌을 받았다. 그동안 내 우울한 처지와 상황에 대해 설명하고 설득해서 무언가를 얻어내려는 것이 내 기도였고 간절하면 들어주실 줄 알았다. 내 안에 나로 꽉 차 있었는데 하느님과 주님이 내게 들어올 틈이 없었던 것이다. 나의 생각과 욕심과 아집을 내려놓고 그분께 맡길 때 그분은 내 안에 스며들고 함께하시는 것이다. 1991년 명동성당에서 영세를 받았지만, 어리석게도 참된 기도의 의미를 30여 년 만에 깨우친 것이다.

"주님의 뜻대로 하옵소서!"

성체를 받아 입에 넣고 어머니 휠체어를 밀고 자리로 돌아오며 기도를 올렸다. 입속에서 성체가 녹아 내 몸과 하나가 되고 마음속에 그분이 오심을 느낄 수 있었다. 눈시울이 붉어졌지만, 입가에 미소가 일었다. 어머니도 미소를 지으셨다. 은총이 가득했다.

#2

부활절에 성당을 다녀오다가 버스정류장 앞 도로에 피어난 민들레를 보며 가슴이 뭉클했다. 주머니 속의 핸드폰을 꺼내 사진을 찍고 그 순간의 느낌을 기록하여 블로그, 페이스북, 인스타그램, 카톡에 각각 올려봤다.

부활절 미사를 다녀오다가 낮은 곳에서 피어난
노란 햇살과 마주하며 십자가의 의미를 묵상합니다.
지난겨울 제가 짊어진 십자가가 버겁고 힘겨웠습니다.
이를 피할수록 고통은 커져만 갔습니다.
그러나 어느 순간부터 (아마 어머니를 휠체어에 모시고 성당을 찾
은 날 같습니다.)
그 십자가가 조금씩 가벼워지기 시작했습니다.
제가 짊어진 짐이 삶의 일부라고 생각했기 때문인 것 같습니다.

Instagram

ufokim_com

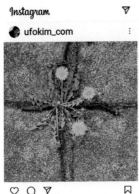

♡ ○ ◁   ⬜

ufokim_com "낮은 곳에 임하소서"

#부활절 #십자가 #민들레
#노란햇살 #묵상 #피정
#인정 #생명 #초월 #자유

🏠 🔍 ⊕ ♡ 🌑

← **김선규**   🔍 ☐ ≡

2022년 4월 17일 일요일

오후 4:54

부활절 미사를
다녀오다가 낮은
곳에서 피어난
노란 햇살과 마주하며
십자가의 의미를
묵상합니다.

⊕   ☺ #

< 🗒 **김선규의 사진산책** 🔍 ≡

우리 모두의 부활을 축하합니다.

#부활절 #십자가 #민들레 #묵상 #피정 #생
명 #하느님 #은총 #초월 #자유

🖼 **김선규**   ⋯
20시간 · 🌐

부활절 미사를 다녀오다가
낮은 곳에서 피어난
노란 햇살과 마주하며
십자가의 의미를 묵상합니다.

지난겨울 제가 짊어진
십자가가 버겁고... 더 보기

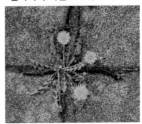

"우리 모두는 누구도 져 줄 수 없는 저마다의 십자가를
 지고 가고 있습니다. 이를 인정하고 받아들일 때 비로소 자기초월
이 시작되고 변화가 일어나 자유로워질 수 있습니다."

피정 중에 읽은 이수철 신부님의 책 한 구절이 와 닿습니다.

우리 모두의 부활을 축하합니다.

4) 좋은 사진이란?

평화의 숲 주최로 2021년 봄부터 기획된 〈스쿨 오브 포레스트〉 사진수업이 여름을 지나 가을의 막바지에 진행되었다. 코로나로 두 번이나 연기된 끝에 열린 수업은 그야말로 각별했다. 거리두기로 제한된 인원이지만 오랜 시간을 기다려온 참가자들은 깊어가는 가을을 비밀의 숲에서 마음껏 만끽하며 자신의 마음이 사진에 담아지는 과정을 체험하였다. 20대부터 60대까지 다양한 연령층이 참가한 〈스쿨 오브 포레스트〉의 열기는 뜨거웠다. 각자 스마트폰으로 자신의 마음을 사진에 담아 보았다.

수업을 마친 후 단톡에 서로의 사진을 올리며 같은 장소에서 다른 사진들이 나오는 것에 신기해했고 그 순간 자신의 마음을 사진에 담을 수 있다는 자신감들을 얻을 수 있었다. 무엇보다 사진의 소재를 찾고 찾은 소재를 통해 나의 마음과 하나가 되는 과정을 통해 세상의 모든 사진은 바로 누군가의 마음이라는 사실을 실감할 수 있었다. 함께한 분들의 사진을 모두 감상한 후 단톡에 소회를 올리며 〈스쿨 오브 포레스트〉의 수업을 마무리하였다.

좋은 사진이란

외로울 때 외로움이,

즐거울 때 그 즐거움이,

따뜻함을 느낄 때 그 따뜻함을 담은 사진이라고 생각합니다.

자신의 느낌과 생각들이 온전하게

사진에 담길 때 가장 나다운 모습을 찾을 수 있습니다.

사진에 마음을 담는 방법들을

후원의 숲길을 거닐며 함께 찾아봤습니다.

숲을 거닐며

아름다운 빛을 사진으로 담다 보니

그간 무뎌졌던 일상의 감각들이 살아남을 느낄 수 있었습니다.

모두에게 감사드립니다.